Cavalos do amanhecer

Mario Arregui

Cavalos do amanhecer
Tradução de Sergio Faraco

www.lpm.com.br

Coleção **L&PM** Pocket, vol. 346

Primeira edição na Coleção **L&PM** Pocket: outubro de 2003
Esta reimpressão: julho de 2008

Capa: Ivan Pinheiro Machado sobre obra de Juan Manuel Blanes (1830-1901), *Los dos Caminos*. (Col. Museu Municipal Juan Manuel Blanes, Montevidéu)
Tradução: Sergio Faraco
Revisão: Jó Saldanha

ISBN 978-85-254-1291-1

A774c   Arregui, Mario, 1917-1985.
              Cavalos do amanhecer / Mario Arregui; tradução de
       Sergio Faraco. – Porto Alegre: L&PM, 2008.
              144 p. ; 18 cm – (Coleção L&PM Pocket)

              1. Ficção uruguaia-contos. I. Título. II. Série.

                                 CDD 869.931
                                 CDU 869.0(81)-34
                                 821.134.2(899)-34

Catalogação elaborada por Izabel A. Merlo, CRB 10/329.

© Mario Arregui, 2003

Todos os direitos desta edição reservados a L&PM Editores
Rua Comendador Coruja 314, loja 9 – Floresta – 90220-180
Porto Alegre – RS – Brasil / Fone: 51.3225.5777 – Fax: 51.3221-5380

Pedidos & Depto. comercial: vendas@lpm.com.br
Fale conosco: info@lpm.com.br
www.lpm.com.br

Impresso no Brasil
Inverno de 2008

Sumário

Nota biográfica.. 7
Noite de São João... 9
O regresso de Ranulfo González 19
Os contrabandistas 29
Três homens 47
Cavalos do amanhecer 60
Diego Alonso 75
Lua de outubro...91
A vassoura da bruxa..111
Os ladrões 124

Nota biográfica

Mario Arregui nasceu em Trinidad (Uruguai), em 1917, descendente de imigrantes bascos e lombardos. Passou a infância no campo e em 1935 foi estudar em Montevidéu. Eram os anos da ditadura Gabriel Terra. Na Europa, estalava a guerra civil espanhola. Em 1937-8, engajado no movimento de ajuda à República Espanhola, começou a exercer militância política (que nos anos setenta o levaria a prisão, como a milhares de outros uruguaios) e a escrever. Nessa época, esteve no Paraguai e, mais tarde, no Brasil, Chile, Peru e também na Europa. Em Cuba, foi membro da comissão julgadora do concurso anual de literatura da Casa das Américas. Seus contos já foram traduzidos para diversos idiomas, entre eles o russo, o tcheco, o italiano e o português. Faleceu em Montevidéu, em 1985.

Obras: *Noche de San Juan y otros cuentos*, 1956; *Hombres y caballos*, 1960; *La sed y el agua*, 1964; *Líber Falco*, 1964; *Tres libros de cuentos*, 1969; *El narrador*, 1972; *La escoba de la bruja*, 1979 e *Ramos generales*, 1985.

S.F.

Noite de São João

Depois de muitos dias consumidos em tropeadas por campos e caminhos onde o outono semeava suas mil mortes, regressava Francisco Reyes ao povoado. Era um entardecer límpido e alto como a espada vitoriosa de um anjo, e cem fogueiras anunciavam o nascimento da noite de São João. Os cascos do cavalo golpeavam sonora e compassadamente a branca carreteira, e Reyes abria com avidez os olhos para os cordiais fogos dos homens e o balbuciar das primeiras estrelas. Seu peito também se abria e se dilatava para antigas ternuras, recordações ainda palpitantes que o alcançavam desde o sítio onde se esconde a infância. Seu coração disparava como o de um menino.

Na última coxilha sofreou o animal e se ergueu nos estribos. Quietas fileiras de lampiões e esparramadas luzes que se levantavam como pálpebras na crescente conjuração das sombras, o povoado se preparava para transportar um punhado de homens e mulheres, pelos remansos da noite, até a praia vítrea e baldia da madrugada. Pensou na sua mãe, nos irmãos, serenos rostos sorridentes entre os quais encontraria uma realidade sua, densa e compacta como a de um metal. Pensou em Carmen, a prostituta amiga, cuja carne morena devorava um carinho com maciez de fruta (seu corpo memorioso a desejava com uma certeza semelhante à sede). Pensou nos parceiros de incontáveis noites de canha e violão. Com uma ligeira inclinação do corpo convidou o cavalo a galopear.

Horas mais tarde, com passos que de algum modo residiam em sua memória, pôs-se a caminho da rua dos prostíbulos. Pouco antes de chegar topou com uma grande fogueira crepitante, encabritada ao pé de um muro a que haviam coroado – inútil crueldade – com refulgentes vidros partidos. As altas chamas mordiam o ar anoitecido, as chamas baixas se retorciam sobre a lenha imolada. Dispostos em semicírculo, seis ou sete moleques a vigiavam e alimentavam, silenciosos, sérios, quase sacerdotais. Aproximou-se, sorrindo, fez um palheiro e o acendeu nas brasas. Distribuiu fumo entre os guris, que o fitavam com respeito e admiração. Juntou na sarjeta um punhado de folhas secas e as lançou ao fogo.

Retomando o caminho, dobrou à direita e avançou pelo meio da rua arenosa e esburacada, até quase a metade da quadra onde exerciam seu ofício as *mulheres da vida*. Deteve-se, olhando o céu, a noite jovem que se estabelecia no mundo. Ouviu murmúrios numa varanda escura, distraiu-se respirando o ar frio com cheiro de fumo e casas velhas. Andou um pouco mais e enveredou por um corredor entre as casas. Bateu com o punho numa porta. A voz esperada perguntou:

– Quem é?

– Eu, Francisco Reyes.

– Já vai.

Aguardou o ruído do trinco, empurrou a porta e entrou.

Quando saiu, por volta da meia-noite, viu que a fogueira da esquina estava menor, mas, alta ainda, briosa, seguia mordendo a sombra e fazendo cintilar os perversos vidros do muro. Sorriu novamente, embora com certa tristeza langorosa e final: algo em seu íntimo mergulhava numa morte invasora, prematura e amarga. Permaneceu imóvel no meio das duas ruas, enclausurado pelo cone luminoso do lampião. Além da lassidão e do desânimo que costumam seguir-se às intensidades da carne, crescia nele uma insatisfação pungente e decididamente hostil, como se impulsos não animais que nele habitassem (e vivessem ocultos em sua carne, parasitariamente) estivessem se alçando, rebeldes, exasperados e cegos, sobre a prostração do desejo animal esgotado. Em sua alma nasciam ansiedades sem destino e despertavam apetites já condenados à frustração. E se rompiam equilíbrios, inauguravam-se estraçalhamentos. Sentiu que precisava do álcool para defender-se, para emergir da angústia que já lhe dava um nó na garganta. Entrou num bar e pediu canha.

Quando cantaram os primeiros galos ele estava embriagado. Quase sempre a satisfação sexual e a embriaguez lhe dotavam de uma euforia sem peias, livre, que sobrepunha ao seu minucioso *eu* habitual, exaustivamente lúcido, estruturalmente comprometido e organizado, outro mais leve e purificado: um *eu* neblinoso, comparável em muitos aspectos ao dos entressonhos, desenhado, com traços nítidos e fugidios ao mesmo tempo, sobre o mais permanente que reconhecia possuir. Mas nada havia acontecido que prenunciasse a costumeira euforia. Ao contrário, surpreendia-se tomado por uma funda tristeza, como desunido e cheio de gretas amargas, amassado pela angústia. Em vez de levitar na liberdade amiga, tinha descido a um subsolo sombrio, viscoso e tenaz. E sua alma, como perdida de si mesma, debatia-se em vão e se buscava às tontas. Por um instante pensou em continuar bebendo até a inconsciência, mas logo afastou o copo. Mais de hora esteve a fumar, acotovelado na mesa, cara fechada e meio escondida, sem beber ou falar. Depois, sem dar ouvidos aos que o instavam a ficar, levantou-se e saiu.

Caminhava rente a uma parede carcomida pelo tempo e pelas chuvas, o chapéu caído nos olhos e um cigarro pendurado na boca, quando uma sombra apenas perceptível se moveu na obscuridade do arco em ruínas e sem porta que servia de entrada a um prostíbulo. Um suave adejo de esperança em seu peito e ele parou, empurrando o chapéu para trás. Ouviu uma voz de menina:

– Me dá o fogo.

– Não, te dou o fósforo, assim vejo teu rosto.

Acendeu e ofereceu a chama, protegendo-a do fraco vento com a concha da mão. A escuridão entregou-lhe um rosto jovem, ligeiramente selvagem e felino, de altos pômulos, testa baixa, boca grande e rasgada, olhos pequenos que piscavam por causa da luz. O cabelo, que parecia negro, profuso e desordenado, permaneceu nos limites da sombra, prisioneiro da noite. O rosto se inclinou para o lume em atitude sedenta.

Reyes afastou o braço e aspirou, olhos semicerrados, o cheiro do perfume barato e do fumo amarelo. Olhou de novo a mulher. Debaixo da capa clara e já muito usada ele adivinhou um corpo delgado, branco, tremendo e eriçado de frio. Manteve o fósforo aceso até queimar os dedos.

– Não te conhecia. És nova?

– Faz um mês que estou aqui.

– De onde és?

– Daqui mesmo.

Lascou outro fósforo e tornou a fitá-la. Ela sorriu, mostrando dentes pequenos, parelhos e aguçados. O sorriso, embora fugaz e apenas muscular, traçou e deixou em seu rosto a forma real de um aconchego ilusório. Francisco Reyes queimou de novo os dedos.

– Não te conhecia – repetiu. – Como é teu nome?

– Ofélia.

– Tu és linda.

– Questão de gosto.

– Tu és linda – insistiu, como com raiva.

Fez-se silêncio, um silêncio vivo e pesado que os envolveu, aproximando-os, empurrando-os para um ponto de convergência que ele mesmo criara. Reyes fumava mecanicamente, as pernas um pouco abertas, o busto inclinado para a frente, o olhar na escuridão e na tênue sombra gris. A mulher, com frio, cruzava os braços, e a brasa do cigarro vez por outra abria uma frouxa claridade ao seu redor. Já declinava aquela noite de São João, cobrindo-os com seu imenso poncho negro.

Com ansiedade na voz agora mais adulta, ela quis saber:

– Não vais entrar?

Ele demorou a responder:

– Sim, pra te acompanhar um pouco, nada mais.

Fez uma pausa e acrescentou, como forçado:

– Vou te pagar, é claro.

Acendeu mais um fósforo e a seguiu por um corredor de lajotas desparelhas e paredes com manchas antigas de umidade. Ao fundo, entraram numa peça pequenina, apertada como um calabouço, iluminada por uma lamparina pendurada no teto. Havia ali uma velha cama de ferro, um roupeiro com espelho descascado, uma mesa e duas cadeiras, um dominador crucifixo, rabiscos indecifráveis nas paredes... Apesar do ar úmido e frio, do descascado espelho e dos fragmentos de mortes alheias que pareciam povoá-la, aquela pecinha penumbrosa, na sua pobre nudez suja de vida, possuía uma intimidade agridoce que aconchegava tanto quanto aconchega um lugar onde se foi feliz.

Reyes largou o chapéu na mesa e apagou cuidadosamente o cigarro num cinzeiro de vidro, enfeitado com um pueril cavalinho de metal. A mulher atirou o cigarro no corredor, fechou a porta e, respondendo a uma pergunta que ele não fizera, disse:

– Não sei o que há comigo. Tinha frio e não conseguia dormir. Estava sozinha, pensando coisas, e resolvi me levantar. As outras já foram dormir. Me deu vontade de caminhar...

Tirou a capa, a saia e os sapatos, conservando a blusa e a saia de baixo. Deitou-se de costas, com as pernas juntas e os joelhos erguidos. A horizontalidade restituiu-lhe uma velha densidade doce e terrestre.

Em pé, ele a olhava com olhos ainda vidrados pelo álcool. Seu rosto de homem jovem, curtido de sol, de ventos, fracionado em duros ângulos pela débil claridade vertical da lamparina, estava tenso, como enjaulado numa contração exasperada, dolorosa, um rosto à espreita que não chegava a denotar um desejo sexual.

– Vem deitar – ela chamou.

– Já vou – respondeu, surpreso, como regressando de um país onde não existisse a voz humana.

Tirou o casaco, as botas, deitou-se ao lado da mulher. Beijou-a no pescoço, na face, nos olhos, e afundou o rosto nos cabelos espalhados sobre o travesseiro. Quisera dormir ali um sono longo, profundo e total, mergulhar numa união cega e na paz das profundezas, apertando-se contra aquele corpo desperto e oferecido. Mas a fome ímpar que acode e serve às espécies o atormentava, obrigando-o a buscar comunicações com o vasto mundo oposto e secreto, encerrado naquela pele de mulher.

Apoiou-se nos cotovelos e olhou pesadamente o rosto meio selvagem e felino, que se aproximava ou se distanciava conforme as sutis vacilações do sorriso indeciso. Ergueu a mão direita e a baixou lenta e plana sobre aquele rosto, buscando-lhe o contorno dos ossos. Com a ponta dos dedos acariciou a testa baixa e oblíqua, o arco do supercílio, o fio angular da mandíbula, a dureza acentuada dos pômulos. E logo procurou de novo aqueles cabelos que cheiravam a umidade e a sonho. Sentia que o tumulto de sua alma se tornava mais simples e coerente, como se as ansiedades e as apetências se liquefizessem num único, largo e perdido rio central. Mas esse rio, espesso rio sem leito, do qual a angústia se desprendia como um rumor de sílabas caóticas, não remanseava nem desembocava: parecia multiplicar sua potência e sua desorientação na mesma proporção da carga.

E Francisco Reyes levantou o rosto daqueles cabelos que cheiravam a sonho, a noite, e abraçou a mulher. Fechou com força os olhos e se apertou contra o corpo dela. A mulher tentou falar, ele tapou-lhe a boca com o ombro, e ela, compreendendo, girou até ficar de lado e também o abraçou estreitamente, em silêncio. Longos minutos ficaram assim, como dois náufragos arrojados pelo destino na concavidade de uma mesma onda. Mas a fome ímpar continuava insaciável e o rio espesso crescia sem remansear ou desembocar.

Reyes evadiu-se do abraço e procurou os seios. A mulher o auxiliou, desabotoando a descolorida blusa de lã vermelha. Logo surgiram entre as roupas, já cansados e com peso próprio, pequenos seios tão claros que pareciam iluminados por outra lâmpada mais forte. Ele os beijou com um furor contido e os apertou sôfrega e demoradamente com as mãos e com o rosto.

– Tô com frio – queixou-se a mulher.

Ele abotoou a blusa dela, depois ajoelhou-se para acariciar-lhe as coxas, elásticas e eriçadas. Ergueu-lhe a saia, acariciou a ligeira curva do ventre, a suave depressão do centro. Olhou o triângulo escuro do sexo, que adivinhava fundo, noturnal, infinito... e tíbio e terno e estremecido como um pássaro. E pôs a mão ali.

– Tô com frio – repetiu a mulher.

Cobriu-a com o corpo. Ela começou a separar as pernas, ele a deteve:

– Não, isso não.

Transcorreram lentos, puros minutos. A união cega e a paz mantiveram-se à distância, inatingíveis, mas o rio remanseava numa calma muito semelhante, talvez, a um desejo de morrer, a uma preparação da morte. Arrefecido o tumulto, sua alma recolhia-se a si mesma. Esperou.

– Vou embora – disse, por fim.

Com grande esforço deixou-se cair de lado. Sentou-se na beira da cama e começou a calçar as botas. A mulher se vestiu rapidamente.

– Volto outro dia – mentiu Reyes, já no arco em ruínas e sem porta que servia de entrada ao prostíbulo.

– Até lá, então.

– Sim, até lá.

Ao passar perto do muro dos vidros quebrados, Francisco Reyes lembrou-se da fogueira. Procurou as cinzas e bateu nelas com o pé. Apareceram umas quantas brasas. Com a sola da bota esmagou-as uma a uma, rancorosamente, enquanto a aurora manchava o céu e cem galos dispersos anunciavam a morte da noite de São João.

O regresso de Ranulfo González

Numa das batalhas ou entreveros de nossas guerras civis, um homem chamado Ranulfo González tombou ferido a bala. Seu bando, ocasionalmente, era o derrotado, e nosso homem, temendo a degola, fingiu-se de morto e lá ficou, debaixo do sol e do mosqueiro da tarde, ao lado dos mortos de verdade. As dores eram toleráveis, mas a sede o torturava. Não moveu nem as pestanas quando o revistaram e tomaram-lhe o cinto, as botas, as armas. Decerto nem medo sentiu – o medo é uma coisa que quase sempre vem depois. Com o canto dos olhos pôde ver que levavam seu mouro encilhado e desnucavam seu cãozinho oveiro com um mangaço. O entardecer pareceu-lhe sem fim, como se algo ou alguém, por desfastio, estivesse a segurar o sol. À noite, que por sorte era de lua, ergueu-se entre os mortos e, a duras penas, andou até o arroio próximo. De madrugada, arrastando-se, chegou à estância de um vasco muito gordo, generoso e notoriamente rústico.

Esse vasco (também conhecido por seu costume de devorar, de manhã cedo, uma panela de canjica com leite) declarava-se neutro e dizia sem mentir: "Em rinha de galo e briga de orientais eu não me meto". Mas secretamente simpatizava, e muito, com a facção a cujo serviço Ranulfo rebentara os cascos de seu cavalo em semanas de andanças e combatera durante uma manhã. Vendo o ferido, ocultou-o numa das habitações reservadas às mulheres. Depois de alimentá-lo a capricho por um par de dias, anestesiou-o com um litro de aguardente de La Habana e, com uma agulha de colchão, *chamou* dois dos três chumbos alojados em seus quadris. E foi curando-o pouco a pouco, com a ajuda de uma china de poucas e firmes carnes e movimentos de macho, e com emplastros de uma erva chamada *carniceira*.

Ao cabo de mais ou menos cinco meses, e apesar da bala encravada, Ranulfo caminhava sem dificuldade. Com mais ou menos sete meses podia montar o petiço piqueteiro em volteios curtos e já fazia quatro que dormia com a china de corpo justo, que andava como um homem, trabalhava por dois e, na cama, valia por três mulheres ("É igual a égua de colmilho"[1], admirava-se Ranulfo). Entrementes, um daqueles acordos de cavalheiros que nunca são cumpridos tinha dado à guerra um ponto final, que não valia mais do que um ponto e vírgula.

Ranulfo não se esquecia de sua mulher e dos filhos (dois machinhos pequenos), mas tampouco se

---

1. Colmilho: o dente canino. Os cavalos os possuem, as éguas não. Excepcionalmente, aparecem éguas com colmilhos, isto é, com características e temperamento masculinos, e diz-se que, em regra, são mais esforçadas e valentes do que os machos. (N.T.)

resolvia a abandonar os domínios do devorador de canjica. Vivia com o sossegado deslumbramento daquilo que era, um convalescente, e dias de um tempo liso e sem numeração – esse tempo de estância em que se vê o crescimento dos cinamomos no cercado e que transforma um terneiro-mamão em novilho adulto. Suas noites alternavam horas de sono profundo com tempestades de fêmea, e seguidamente seus preguiçosos despertares acusavam os estragos daquele que, segundo o dito camponês, é o único animal com pêlo, fora o porco, que come deitado. Pensava, sim, em voltar para a família, mas do mesmo jeito que, no tempo de piá, pensava em fazer certas coisas quando fosse um homem. Não que estivesse por demais aquerenciado àquele paraíso vasconço ou que o amarrassem a mágicas estacas os pentelhos da china amachorrada (dizem os entendidos que um só pentelho de mulher pode segurar sete juntas de bois). Ocorria, simplesmente, que o casario onde levantara seu rancho distava muitas jornadas de trote e galope, que não tinha cavalo nem arreios e nem jeito de logo consegui-los, que era homem sem pressa e, enfim, daqueles que herdavam da alma gaúcha a sabedoria de não se embretar em problemas sem saída.

    Quando sentiu-se apto, propôs ao vasco que o contratasse como peão até poder ressarcir-lhe os gastos e juntar a quantia necessária para comprar arreios e um bagual. "*Bueno*, sim, sim", aceitou prontamente o vasco. Fixou-lhe um ordenado rabão, de negro *chico*, recomendando que começasse com trabalhos leves e não se preocupasse, pois lhe daria de presente um bagual, a faca que lhe emprestara e dois couros grandes para que fizesse as guascas.

Mais de dois anos depois da manhã em que partira para guerra e dois anos justos a contar do meio-dia em que fora baleado, Ranulfo González cavalgava, numa tarde comparável a uma melancia madura, a última etapa de sua viagem de regresso ao lar. Sem dúvida, existe algo que, misteriosamente, associa o sangue e a alma de um gaúcho ao que se chama *o pago*, e Ranulfo sentia essa associação como uma benquerença indefinida e vasta. Saíra de casa, animoso, num mouro arrosilhado e com um basto portenho[2], voltava tranqüilo num tordilho cabos-negros[3] e com um incômodo lombilho entrerriano[4] de duas cabeças. Não regressava ao fim de uma *Odisséia*, mas conhecera o que é fazer amor por obrigação e aprendera com o vasco a moldar queijos grandes como a lua e a acertar o ponto do pirão de farinha e da canjica fervida. Trazia na cavidade pélvica uma bala que muito o molestava

---

2. Tipo de lombilho, largo e sem cabeças. (N.T.)

3. Cavalo que tem as quatro patas negras. (N.T.)

4. Da província argentina de Entre Ríos. (N.T.)

ao baixar a pressão atmosférica (conferindo-lhe, como para compensar, o privilégio de profetizar as chuvas e a duração dos temporais) e era dono de um cão que não o esperava, como aquele do engenhoso grego, mas troteava quase entre as patas do cavalo e era muito parecido com o outro que, numa tarde de triste lembrança, fora desnucado com um mangaço de pura crueldade.

O pago desse Ulisses campeiro era um daqueles casarios onde abundam crianças e a fauna indígena domesticada. Sua Penélope, uma parda clara de corpo de violão, que cheirava a fumaça de inverno e a bom suor, de andar pachorrento, boca marcada e cheia como um rim. A centenas de metros dos ranchos se espreguiçava um sangão margeado de pasto brando e árvores rumorosas, ricas de pássaros cantores, em cujas águas viviam, como em festa permanente e silenciosa, milhares de lambaris loucos, ou que se faziam de loucos, com os quais se entreveravam outros pequenos peixes mais sérios ou mais tristes, que pareciam pintados por um decorador com paciência de presidiário e prodigiosa criatividade. Nesse sangão bucólico, uma mulata magra e velha, vestida de preto, lavava roupa, empinando o traseiro no barranco. O cãozinho oveiro latiu várias vezes, a velha ergueu a cabeça e, com uma expressão de assombro, viu Ranulfo aproximar-se.

– *Buenas*, dona – saudou Ranulfo à sua sogra.
– Cala a boca, ô caralho! – gritou para o cachorro.

– Tu... tu não tá morto? – perguntou a velha, ajoelhada no barranco.

– As almas não aparecem tão cedo – zombou Ranulfo, sujeitando o cavalo. – Ainda me conservo inteiro na parte de cima da terra – acrescentou, enquanto desmontava.

A velha levantou-se com algum esforço, estalando as juntas, e fitou atentamente o genro.

– Disseram que te defuntearam em Tacuarembó.

– Quem *disseram*?

– Ué, todo mundo...

– Conversa. Me feriram, só isso.

– Mas perderam a guerra, não é?

– Não sei, acho que empatamos. E a Felipa e os guris?

A velha não respondeu. Passou a mão na carapinha encanecida e disse:

– Pra mim nunca se ganha uma guerra. Eu andei em duas e nas duas me emprenharam.

– Pois é – disse Ranulfo.

– Na última, foi um doutor... me fez a Felipa. Acho que foi ele...

– Já conheço essa história. E a Felipa e os guris?

– Bem, todos bem, mas...

– Mas?

– *Bueno*...

– *Bueno* o quê? Desembucha.

— É que a Felipa... não tá sozinha...
— Ah é?
— Tu tava morto...
— Claro... eu tava morto — assentiu Ranulfo e, virando-se, pôs-se a mijar vigorosamente contra o tronco de um sarandi.

Sogra e genro sempre se haviam entendido, não como é usual, mas como é devido. O diálogo continuou num tom amistoso que pouco a pouco parecia tornar-se cúmplice. A velha, temendo violências inúteis, repetiu mais de uma vez: "Tu tava morto..." Ranulfo ficou sabendo – além de coisas laterais, como, por exemplo, que o rancho estava de quincha nova e o frechal desempenado, que Felipa não estava parida e, quase com segurança, tampouco emprenhada, que seu filho maior já era um bom ginete, que Manuel Flores matara José Díaz por causa de uma *falta-envido*[5], que seu filho menor vivia judiando dos bichos e atirando boleadeira em galinha etc. – ...ficou sabendo que o homem que estava em seu lugar era um parente distante, de sobrenome também González e de nome Timóteo. A velha opinou e voltou a opinar que a situação era delicada, que requeria "um olho como para distinguir o piolho da piolha". Ranulfo, vagarosamente, e cantarolando umas coplas de baile, desencilhou o cabosnegros e lavou-lhe aplicadamente o lombo. Sempre

---

5. Aposta preliminar no jogo do truco, em que os adversários competem com a soma das cartas do mesmo naipe. (N.T.)

cantarolando, fez uma estaca, cravou-a no chão além das árvores e nela prendeu, maneado e com folga, o faminto e já inquieto cavalo. Depois, calado, sentou-se no barranco e cuspiu três vezes, em parábola, na água cristalina. Depois ainda, encarou a sogra e disse que Felipa tinha de escolher e que ia acampar ali para dar-lhe tempo.

– Tá muito bem – aprovou a velha.

– Vai e diz pra ela que eu tô vivo. Se quer que eu volte, eu volto. Se não, vou embora. Amanhã vem me dizer o que devo fazer. E manda alguém me trazer um assadinho pra essa noite, se tiver... e sal também. Erva eu tenho.

– Tu é um tipo macho, filho – disse a velha.

Ranulfo sorriu.

– Não diz nada pra Felipa, mas agora que sei que tem outra montaria, me dá uma gana de dar uma boa gineteada nela, como as de antigamente.

A velha sorriu também, maliciosa, e reprovou-o de tal modo que parecia estimulá-lo:

– Olha a safadeza, Ranulfo.

– Vai ver que ela anda precisada, não levo muita fé nesse Timóteo.

– Toma juízo, louco – tornou a velha, e acrescentou: – Me vou. Tira essa roupa da água pra mim e amontoa aqui por perto.

E partiu no trote de cusco friorento que era o seu jeito de andar.

Quando a aurora de rosados dedos, filha da manhã, anunciou o dia (assim traduz Homero Dom Federico Baráibar), Ranulfo González, que dormira bem, estava tomando mate à beira do sangão e enredava-se em pensamentos compridos, demorados, algo misteriosos, como se possuísse o tempo sem morte que é privilégio dos deuses. Dessas meditações, por certo complexas para uma mente destreinada, salvou-o o latido do cãozinho oveiro: a mulata velha voltava no seu trote de cusco friorento.

– Dormiu bem, filho?
– *Buenas.* Sim, como um chefe.
– Lindo dia.
– Nem tinha reparado. Quer um mate?
– Me dá.

Depois do primeiro sorvo, a velha disse:
– A Felipa te espera.
– Hum – fez Ranulfo, sem abrir a boca.
– Disse que tu tava primeiro e que tu é o pai dos guris. Timóteo entendeu e se foi, manso.
– Melhor assim.
– A vida é a vida – resmungou a velha.

E fez com a boca desdentada, quase com o avesso dos lábios, duas ou três morisquetas que levaram Ranulfo a lembrar, com um princípio de escândalo, as piscadelas rosadas que as éguas dão com a vulva quando estão terminando de mijar.

– A vida é a vida – ele repetiu. – E pra que o mundo seja mundo, dona, tem que...

Ia dizer "tem que haver de tudo", mas a velha, adivinhando, atalhou:

– Não diz isso. O mundo devia andar reto que nem lista de poncho e anda arrodeando que nem burro de olaria. Onde juntaste a roupa?

– Lá – apontou Ranulfo, e recebeu a cuia de volta.

A velha olhou para o monte de roupa.

– Deus fez o mundo, tomou uns tragos pra festejar e até hoje não curou a borracheira...

Troteou resignadamente até as roupas, recolheu-as e foi ajoelhar-se no barranco. Ranulfo tomou ainda uns mates, observando-a, depois encilhou o tordilho e regressou ao rancho como se dele tivesse saído naquela mesma manhã.

E tudo voltou a ser como era antes da guerra.

Os contrabandistas

Cinco homens a cavalo, uma trintena de cavalos soltos e uma mula velha e cega estavam vadeando um rio. Era verão, meia tarde de um dia sereno e redondo.

Homens e cavalos cruzavam o rio, dos arbustos e juncais da margem esquerda para o matagal da margem oposta: era o fronteiriço Jaguarão. O movimento do grupo se assemelhava a uma operação bélica e se cumpria sob o comando de Rulfo Alves, homem corpulento e de grande barba negra.

– Camba um pouco rio acima – gritou o chefe, com voz poderosa.

Montava um tostado alto e esguio e já se encontrava na metade da travessia. O rapaz que recebera a ordem esporeou seu zaino negro e avançou quase a galope, repartindo e levantando águas que o sol fez rebrilhar.

O Jaguarão é muito largo naquele lugar solitário. Quem o conhece sabe bem que, precisamente por ser largo, é raso no verão: as correntezas invernais formam remansos e bancos de areia que parecem pequenas pontes submersas.

– Não apura tanto, filho – gritou para o rapaz o velho da égua tordilha que encabeçava a marcha.

Muitos (a maioria) dos cavalos que referimos como *soltos*, para significar que não levavam ginetes, iam carregados com volumosas bolsas de couro amarradas com cinchas e peiteiras de sisal. Eram animais de todo tipo e pêlo, traziam buçais de tentos retorcidos e as colas bem compridas. Os outros, os que não levavam nem ginetes nem bolsas – os cavalos de muda dos contrabandistas –, eram, em geral, potros de boa estampa. Não traziam buçais e suas colas, aparadas com certa uniformidade, mal roçavam na água.

Rulfo Alves olhou para Juan e Pedro Correa, os dois tapes que vinham bem atrás. Os inseparáveis irmãos Correa pareciam gêmeos, embora não o fossem, e montavam dois baios que pareciam irmãos, e talvez o fossem. Com uma corrente, Pedro puxava a mula velha e cega, que volta e meia empacava, medrosa de rio e arroio como qualquer mula.

– A vontade que eu tenho é de degolar essa mula – dissera ele, com acento fortemente abrasileirado.

– Se degolas a mula – acabava de dizer Juan, com acento igual –, Rulfo te degola.

– Não deixem que se espalhem – chegava-lhes a voz do chefe, como ricocheteando na superfície mansa e móvel do rio.

As grandes bolsas de couro cru, com o pêlo para dentro, periodicamente eram untadas por fora com graxa quente de rim[6], mas, ainda assim, Rulfo e seus

---

6. Para impermeabilizar. (N.T.)

homens zelavam para que não se molhassem demais. Naquele zelo colaboravam por instinto os cavalos, que caminhavam como tateando os bancos de areia (é sabido que todo cavalo nasce com aptidão para nadar, mas também com o desejo de não exercitá-la).

– Se esta puta não tivesse tanta serventia... – resmungou Pedro Correa. – Prende um mangaço nela, Juan!

Dotada de uma memória infalível e conhecedora às escuras de caminhos e sendas de uma vasta zona, inveteradamente receosa e dona de sentidos misteriosos criados ou aguçados pela abolição dos olhos (que Rulfo arrancara, anos antes, com uma faca em brasa), a mula, para os contrabandistas – sobretudo para o chefe –, era um auxiliar valiosíssimo nas noites mais tenebrosas. Parda, arratonada, jamais pelechava por completo, talvez por velha, talvez pelo fato de que as mulas guardam como soterrada ou dissimulada sua assombrosa vitalidade. Pouco *se dava* com os cavalos. Prendiam-na sempre com uma corrente, pois uma de suas manhas era mastigar as guascas até cortá-las.

Foi nulo o resultado dos muitos mangaços que lhe deu Juan Correa.

O velho da égua tordilha e os cavalos que ponteavam a marcha já se aproximavam da margem direita. O rapaz do zaino negro vinha amadrinhando metros atrás, águas abaixo. Alves mandou o velho ir atalhando ali mesmo e esperar um pouco. Queria que tornassem a juntar-se os cargueiros, conforme o costume (a cola do cavalo da frente atada no buçal do que vinha atrás), antes de atravessar o mato e tocá-los quase duas léguas por diante, cortando banhados e pajonais. Planejava chegar à noitinha numa região de cerros pedregosos, onde conhecia paradouros seguros, não longe de certo casario que possuía mulheres e onde talvez pudesse vender parte do profuso contrabando que trazia. Estava satisfeito. Acreditava que enganaria mais uma vez as patrulhas fronteiriças e seu grande e perigoso inimigo, Comissário Silveira. Conferiu a altura do sol, deu um giro com seu tostado e gritou aos irmãos Correa que se apressassem. Vendo que não venciam os medos e a teimosia da mula, ergueu-se nos estribos e soltou seu vozeirão:

– Um de vocês monte na mula!

Como um eco desse grito, o matagal da margem direita devolveu o matraquear seco e furioso das carabinas policiais que atiravam para matar.

O velho e o rapaz tombaram, feridos de morte, na primeira descarga. Alves precipitou seu cavalo para os lugares fundos e o obrigou a nadar de viés para os disparos, agarrando-se nas crinas e oculto atrás das paletas. Os irmãos saltaram de seus baios iguais e, agachados, maneados pela água e às vezes enterrando os pés na areia e no barro, correram para os juncais da margem esquerda. Os cavalos se detiveram, alguns caracolearam, murchando as orelhas, outros ameaçaram retroceder, mas sem demora a tropilha inteira e solidária reiniciou a marcha como se nada tivesse acontecido (provavelmente, todos ou quase todos já haviam escutado, mais de uma vez, detonações de armas de fogo). Ainda se faziam ouvir, menos unânimes, mais espaçados, os estrondos das invisíveis carabinas.

Várias balas mosquearam de branco o tostado do chefe, que pouco a pouco foi deixando de bracear e ficou boiando, afundando lentamente. Rulfo o abandonou e pôs-se a nadar na direção de uma ilhota próxima. Era bom nadador, escondia-se em compridos mergulhos.

Quase de bruços no barro, escondidos entre juncos e espessos camalotes, Juan e Pedro viram na água o pipoquear das balas que buscavam Rulfo e observaram como todos os cavalos, inclusive os quatro encilhados, desapareciam um atrás do outro, no matagal da margem oposta. Divisavam também, um tanto vagamente, e sem avistar os policiais, a fumaça dos disparos, pequeninas nuvens brancas que se elevavam indecisas na tarde sem vento. As carabinas, por fim, emudeceram, e fez-se então um grande silêncio.

– Nos salvamos – disse Juan, com a voz desnecessariamente baixa.

– Será que vão cruzar o rio? – perguntou e perguntou-se Pedro.

– Eu digo que não. Aqui eles não mandam nada.

– Mas é melhor a gente dar o fora.

– E sem fazer barulho.

Ergueram-se um pouco para ver melhor. Nada de anormal puderam notar no matagal fronteiro. Viram os corpos meio submersos do velho e seu filho, decerto encalhados na areia, viram afastar-se águas abaixo, vagarosamente, a parte que flutuava do cavalo de Rulfo, viram um bando de pássaros atravessar o rio com uma curva ampla, em grande parte inútil.

Depois da violência, a paisagem agora com mortos exibia uma calma falsa, como hipócrita e ardilosa, que de algum modo eles perceberam e lhes provocou uma espécie de temor animal.

– Vamos embora – propôs de novo Pedro. – Os *policianos* foram pegar os cavalos... e quem garante que não vão voltar?

– Vamos – disse Juan.

Abandonaram o juncal e escorregaram por um barranco lateral, internando-se no mato, que ali era bem mais ralo. Caminhavam sem rumo certo, simplesmente distanciando-se daquele lugar. Intimamente se lamentavam por ter perdido, na precipitação, seus baios tão necessários.

– Eu digo que também mataram Rulfo – disse Juan.

– Não pode ter escapado – concordou Pedro.

Tinham esquecido a mula ou não haviam pensado nela, mas sabiam que não podia estar longe. Pouca ou nenhuma surpresa lhes causou encontrá-la.

– Olha só a mula velha – disse Juan, parando.

– É mesmo, a mula – disse Pedro, e também parou.

A mula, de cabeça torcida para não pisar na corrente que arrastava, dava passinhos curtos e pastava com a tranqüilidade de um ser solitário sobre a terra, possuidor de um tempo ilimitado. Comia farejando uma e outra vez o pasto, a palha, os trevos doentes de sol, antes de arriscar a dentada. Juan e Pedro, sem saber por quê, pois só de estorvo lhes servia, alegraram-se ao vê-la.

– Ela sempre se sai com uma das suas – comentou Juan.

No mesmo instante a mula ergueu a cabeça e alertou as orelhas na direção de uma ponta de mato à esquerda dos irmãos. Eles olharam e viram aparecer Rulfo Alves.

– Rulfo! – exclamaram.

O corpulento chefe vinha cambaleando, havia sangue nas roupas encharcadas e rasgadas, sangue também na escorrida barba negra. Ofegava roucamente e borbulhas sanguinolentas cresciam e estalavam em sua boca. Deteve-se, pernas abertas, fitou primeiro a mula, depois os Correa. Uma intensidade arisca e com algo de vítreo dilatava os olhos dele. Por um momento deu a impressão de meditar, em seguida fez um gesto de mando, apontando a mula. E falou. Voz surda, mas autoritária. Pronunciou uma só palavra: as três sílabas do nome de um português largamente conhecido no pago, famoso por curar feridas com água fria e, principalmente, por sua habilidade na extração de balas com tenazes de arame ou *chamando-as* a ponta de faca.

Aquele mestre da cirurgia primitiva e da hidroterapia vivia num povoado como caído do céu, num sítio qualquer das solidões sulcadas pelo Jaguarão e seus afluentes, aproximadamente a cinco léguas do ponto em que se encontravam os três homens e a mula. Consideraram os Correa que a viagem seria longa e difícil, no melhor dos casos não terminaria antes da noite. Juan pensou também que pouco poderiam contar com os favores da lua demasiado nova.

Rulfo agarrou-se nas cruzes do arreio e empreendeu um salto que ficou pela metade. Acorreram os irmãos, pressurosos, ajudando-o a montar. Mal se acomodou, tombou sobre as crinas, vomitando sangue. A mula, paciente – ou indiferente –, não se moveu.

Juan desprendeu a corrente do buçal e com ela ligou, por baixo do peito do animal, os tornozelos do ferido. Agarrou o cabresto e deu um puxão:

– Toca, *vieja*.

A mula deu um passo, apenas um. O chefe entesou o corpo.

– Toca, *vieja* – repetiu Juan, sem resultado. – Dá-lhe, Pedro.

Pedro desembainhou o facão e deu-lhe um planchaço nas ancas. A mula deu um passo, depois outro, mais outro... E assim iniciou-se a viagem, lenta peregrinação cuja meta explícita era a casa do português, mas, ao mesmo tempo, numa instância inevitável e também secreta, era uma longa viagem para a noite, uma viagem que talvez, em essência (e os irmãos o intuíram sem demora), fosse uma caminhada até um lugar prefixado onde a morte, quieta e de pé como as árvores do caminho, esperava pelo homem tempestuoso e temido que mais de um crime de sangue devia a cada lado da fronteira.

Imagens sucessivas podem resumir boa parte dessa viagem: a unidade Juan-mula-Pedro andando entre macegas, árvores petiças e arbustos de espinhos como agulhas, Rulfo inclinado no lombo da mula e os duros cascos dela removendo o pó da trilha e amassando as gramíneas secas, ao sol já quebrantado; Juan-mula-Pedro vadeando um arroio de água escassa e leito pedregoso, que desembocava noutro arroio, que desembocava, por sua vez, no Jaguarão, e, ao sol mais baixo, Rulfo tombado sobre as crinas, os cascos empinados da mula pisando com jeito uma encosta que também era empinada; Rulfo balançando-se e sua comprida sombra balançando-se bem mais, enquanto a mula avançava com cautela por um liso areal e Pedro golpeava-lhe as ancas com o facão; num cenário de esparsas pedras cinzentas, não muito grandes e em pé como homens, e de árvores altas em cujas copas modorravam os últimos clarões do sol, Juan puxando o cabresto e gritando pela vez milésima: "Toca, *vieja*", e Rulfo Alves emergindo de seu mutismo para dizer, surpreendentemente, com voz precisa, não firme, mas bem modulada, um pouco zombeteira, um pouco vitoriosa:

– Eu já imaginava, Dom Luís, que andavas à minha procura.

Juan Correa ouviu muito bem a frase, mas custou a acreditar, a aceitar, a verdadeiramente ouvi-la. Não se atreveu a olhar para trás e até se preocupou em puxar com mais força o cabresto. Também compenetrou-se em caminhar em silêncio, em não repetir as palavras com que tantas vezes tinha instado a mula. Adivinhava, sem saber como, que Rulfo ia erguido, oscilando, os olhos extraviados, flutuantes, os braços como asas destroçadas e a cara...

– Não mente – era novamente a voz rouca de Rulfo. – E vai pra puta que te pariu!

Juan já não podia negar que ouvia e sentiu no seu íntimo uma espécie de rachadura. Conhecia a biografia do chefe e sabia pela metade, temendo saber tudo, que aquele Dom Luís era o velho Luís Medina, que Rulfo matara com duas punhaladas nas imediações do Arroio Yerbalito. Como para obrigá-lo a reconhecer aquele fato de pesadelo, a voz rouca fez-se ouvir, em tom conciliador:

– Sabes muito bem que não te matei pelas costas.

Juan estremeceu, fechou momentaneamente os olhos e quisera fechar também os ouvidos. Alguém ou alguma coisa respondeu, decerto o inaudível Luís Medina, pois Rulfo pareceu sorrir e concordou:

– *Bueno*, isso sim...

Seguramente houve outra réplica e Rulfo protestou, com energia desfalecente:

– Não, isso não!

Fez-se um silêncio que durou muitos metros do lento andar da mula. O homem que abria caminho não olhou para trás e continuou calado, alerta, puxando forte e sem folga o cabresto. Avançavam entre pedras cinzentas e árvores altas. Estas, distantes umas das outras, só de longe em longe conseguiam tocar-se pelos ramos. A noite estava próxima, mas não descia sobre o mundo, brotava de dentro dele, enredando-se vagarosamente com os elementos da paisagem. E a mula, que por certo registrava essa aproximação, tornava-se cada vez mais lenta e desconfiada, mais pesada no cabresto... Gritos de pássaros – esses gritos desconsolados e anônimos que parecem riscar e até rachar um entardecer do agreste – começaram a cair como em rajadas das copas das árvores. Um desejo ocupava quase por inteiro a alma do homem que abria caminho: não queria ouvir mais a voz de Rulfo Alves.

Esse desejo não se realizou e novamente Juan teve de ouvir a voz do chefe, alta e bastante clara no começo, depois trabalhosa, murmurante. Notou que Rulfo ainda discutia com o velho Medina e falava depois com seu irmão Antônio Alves e seu amigo Vicente Suárez, o primeiro degolado, o segundo crivado de balas na penúltima guerra civil. Juan, mesmo querendo, não teria conseguido voltar a cabeça. Caminhava com um esforço desmedido de todos os músculos e como se tivesse de copiar cada movimento do movimento anterior. E enquanto isso a noite apertava sua teia e ninguém senão ela era quem emudecia – de repente, como se os roubasse do mundo dos vivos – os invisíveis pássaros gritões. Juan se sentia condenado pela mão presa ao cabresto, sem possibilidade de soltá-lo, e pela curta distância imposta pelo comprimento de seu braço. A voz de Rulfo se levantava em escarcéus imprevisíveis, desfalecia em pausas, recomeçava inexoravelmente...

Aconteceu então que Juan, inconscientemente, começou a acrescentar coisas ao que dizia a voz, a inventar ou criar por sua própria conta a partir da confusão (dos gaguejos e pausas, sobretudo) do delirante monólogo. Assim, ouviu nomes próprios talvez não pronunciados, reconstruiu de qualquer maneira palavras rotas ou afogadas, completou arbitrariamente frases que se haviam truncado. O que em realidade escutou e o que acreditou escutar se enredaram num emaranhado indiscernível, e esta mistura foi somando interlocutores de vozes sem som ao entrevero de diálogos que era aquele monólogo, foi povoando com novos personagens o conclave de defuntos convocado pelo ferido. Acreditou perceber, ou imaginou, que à tumultuosa reunião concorria outro assassinado, Geraldino Moreira, desnucado por Rulfo com uma garrafada, na porta de uma taberna, e também o pai dos Alves, Miguel, que ele conhecera só de nome, e ainda uma mulher chamada Paula, que vivera alguns anos com o chefe, e um contrabandista, o negro Lorenzo, baleado pelos comandados do Comissário Silveira, e outro morto pela mão de Rulfo, o milico brasileiro por nome Dos Santos...

A noite, mais iminente do que em verdade chegada, era onipresente. Como todo homem, Juan Correa já sentira vertigens diante do vazio da noite, mas nunca o noturno tinha significado para ele o que significava agora: um modo de ser das coisas. Foi por isso, sem dúvida, que ver uma pedra (uma entre tantas, vários metros adiante) ameaçando deixar de ser pedra para ser Dom Luís Medina não o impressionou como demasiadamente sobrenatural. Era uma das muitas rochas comparáveis a sentinelas esquecidas e passivamente monstruosas, e se transformava, sem transformar-se inteiramente (como ocorre às vezes aos avatares dos sonhos), no ancião alto e de cara fechada e sem gestos que Rulfo despachara, numa ventosa noite de primavera, junto a um fogacho escondido entre os matos do Yerbalito. Juan puxava o cabresto quase com fúria, a velha mula avançava com sua má vontade de sempre... avançava como em outro mundo estrito e firme, bem diferente daquele que começava a desordenar-se nos olhos de seu condutor. O monólogo do chefe era agora um murmúrio que Juan talvez nem ouvia, e a pedra era e não era, era e deixava de ser e voltava a ser o alto e agora desenterrado Luís Medina, esperando. A mula avançava... A pedra, de perto, era simplesmente uma das muitas pedras que se erguiam pelo caminho.

A pedra era apenas pedra, mas nos ramos baixos de uma árvore parecia estar Geraldino Moreira, escondido. Sim, era ele, e se dobrava como um grande pássaro à espreita, espiando com olhos de vivo pelos buracos de sua caveira. Juan registrou em seu corpo os impactos do medo (sua alma já estava fechada a qualquer novo espanto), mas conseguiu desviar os olhos.

Desviou-os em vão: em pé, junto ao tronco de outra árvore e apoiada nele para não cair, parecia estar, ou estava mesmo, Paula...

Juan, pernas frouxas, arrepios gelados nas vértebras, obrigou-se a contemplar o que seus olhos pensavam ver... Paula como desfigurada pelos vários anos de morta, um rancor já sem força nas pupilas de vidro opaco, uma pequena alegria maligna e um certo desvario coexistindo no rosto de nuanças terrosas, meio borradas.

Juan, às vezes tropeçando, puxava o cabresto.

Numa outra árvore reapareceu e logo se ocultou o sorrateiro Geraldino Moreira.

E outra pedra, por breve momento, transformou-se no velho Medina

e passou rapidamente e tornou a passar, recortada nas primeiras sombras noturnas, ainda vagarosas, nebulosas, uma outra sombra mais nítida, mais sombra, que devia ser Vicente Suárez, o único amigo que Rulfo incluíra em sua biografia

e outra sombra delimitada, mas lenta, foi visivelmente Antonio Alves, sujeitando com ambas as mãos sua trôpega cabeça de degolado de orelha a orelha

e outra foi o velho Miguel, o pai

e outra foi o negro Lorenzo, com seu andar alquebrado, incerto, de negro entrado em anos

e outra que surgiu impetuosamente e fugiu de um salto foi talvez o milico Dos Santos...

A noite cingia a paisagem e do murmúrio de Rulfo emergiam palavras soltas e dissociadas e como cheias de pavor, nomes próprios que gritava, imprecações e pedaços de imprecações...

O alucinado puxava o cabresto, a mula avançava com seus alheados passinhos matemáticos e suas sempiternas ganas de empacar.

Aos olhos de Juan, uma alta pedra cinzenta era novamente ou queria ser o velho Medina. E outra pedra mais baixa, também em pé como um homem, expunha em seu topo a cara amulatada e vingativa do milico brasileiro, e uma árvore falou, confusamente, e Paula reapareceu com sua máscara de louca e seu leve regozijo satânico, e uma pedra balbuciou uma injúria, e uma sombra disse algo, e outra sombra calada e parcimoniosa e severa foi Dom Miguel Alves em pessoa, e outra sombra apressada lançou gritos hostis...

O murmúrio do chefe parecia não ter fim e a noite cingia mais e mais a paisagem, cingindo também a turba de mortos em torno do homem que cabresteava a mula.

Giravam os mortos, giravam rondando e se atropelavam numa endemoniada desordem... E no meio daquele horror, como sonhando e sonhando-se e como se fosse ao mesmo tempo motor, espelho e carne de um sonho de febre alta, caminhava o alucinado Juan Correa.

Mas, subitamente, cessou tudo. Calou-se a voz de Rulfo, o mundo vibrou um instante, imobilizou-se e silenciou de modo estranho.

Uma faca, lançada de longe a uma tábua, crava-se com um golpe seco e vibrante, e ali permanece imóvel, como enterrada desde muito tempo. Algo parecido passou-se com o mundo, aos olhos e ouvidos do também imóvel Juan Correa. Uma paz terminativa e minuciosa, tão urgente que dir-se-ia instalada por um relâmpago secreto, cravou as coisas em si mesmas, reduziu-as à quietude e ao mutismo que lhes eram conaturais. Pedras e árvores deixaram de ser ou de arremedar ou de ocultar fantasmas. As sombras voltaram a ser aquelas sombras gratas que nos verões dos matos, nos campos muito acidentados, nos cerros, iniciam a noite por conta própria. E a noite, embora ainda não o fosse (e fosse o último minuto do doce tempo de pausa que não é dela nem do dia), retrocedeu um pouco, deu um pequeno passo atrás, cedeu seu lugar àquela pausa belamente imprecisa. A paisagem inteira adquiriu uma serenidade desmedida, sobrepassando as possibilidade humanas de apreendê-la. Aquele mesmo sossego, aquela nobreza fora de escala, parecia corresponder misteriosamente a profundas pulsações da terra e à recuperada dimensão do céu, e roçar ou tocar, por fim, na mula agora imóvel ("Ela sempre se sai com uma das suas", dissera um dos Correa) e no corpo e na alma de Juan Correa. O mundo era também mais claro. Recém agora via Juan um fragmento de lua, nitidamente, com uma proximidade bem mais amistosa do que aquela aparentada por outros elementos da paisagem. E olhou para trás.

Juan se volta e vê então algo que sabe que vai ver: o chefe está morto, tombado sobre o pescoço da mula com a gravidade totalitária dos defuntos. Mas também percebe, na claridade difusa, algo de todo imprevisto: seu irmão Pedro, com os olhos baixos, certo ar de homem atarefado, está limpando a faca na anca peluda da mula.

– Pedro! – exclama Juan.

Pedro ergue os olhos.

– Mas Pedro... – torna e reprova Juan.

Pedro Correa olha para a faca, já vai guardá-la e diz:

– Não tinha jeito. Se não o tranqüilizo, ele nos enlouquece os dois...

Três homens

Era uma vez três homens. O primeiro se chamava Ramiro Pazos, era filho de espanhóis e falava com sotaque peninsular não de todo involuntário. Desempenhava havia muitos anos, com eficácia (era capaz de atos de lúcida coragem e de violências mais ou menos arbitrárias), o cargo de comissário de polícia numa vasta área rural de um dos departamentos centrais.

O comumente chamado *Comissariado do Pazos* era um amontoado de vários ranchos de diferentes tamanhos, nos altos de uma meseta pedregosa e sem árvores.

Certa manhã de verão chegou ao comissariado um carro puxado por cavalos de pêlo lustroso. Dele desceram o taberneiro catalão e dois abonados estancieiros da zona. Pazos recebeu os visitantes no rancho maior, um pouco apartado dos demais, que era onde morava. Pouco depois os acompanhou de volta ao carro. Retornando, chamou o Sargento Maciel – nosso segundo homem.

– Depois da sesta vamos sair por aí. Manda me trazer o zaino grande.

– Certo, meu comissário – disse Maciel, e continuou olhando para o chefe.

— Dizem que Velasco anda no pago — informou Pazos, em resposta àquele olhar. — Vamos sair só eu e tu, com roupa civil. Desta vez o safado não me escapa.

E voltou ao seu rancho. Maciel, homem baixo, de cara e sorriso que faziam amigos, dirigiu-se à ramada onde os milicos, no verão, faziam o fogo do meio-dia.

Naquela tarde, Pazos e Maciel, num acordo tácito, sestearam menos do que costumavam. Ainda estava alto o sol quando montaram e partiram a trote, deixando o comissariado a cargo do enfermiço e taciturno escrevente González.

Três dias depois, três dias de infrutíferas buscas, comissário e sargento marchavam quase paralelamente a um arroio manso, mas de certo volume. Pretendiam vadeá-lo mais adiante, para pernoitar na estância de um inglês cujo sobrenome todos no pago pronunciavam cada qual à sua maneira. A vegetação silvestre que margeava o arroio era extensa naquela baixada: talvez mais de duas quadras de árvores e arbustos que iam até a base da coxilha. Faltava pouco para o entardecer e os dois homens não esperavam chegar com luz ao arruinado casarão onde o inglês, quase um misantropo, vivia cercado de cães de raça. Na noite anterior tinham dormido num rancherio, e Maciel, que sempre encontrava alguém disposto a cooperar, recolhera o informe, confiado em voz baixa e a sós, de que o bandoleiro Velasco montava um tordilho tirando a magro e mui cabeceador. Comissário e sargento sabiam muito bem que um homem a cavalo, visto de longe, é mais o cavalo do que o homem, e ao longo do dia não tinham esquecido aquilo do "tordilho mui cabeceador". E tordilho, precisamente, era o cavalo do homem que ia deixando o mato e que Pazos foi o primeiro a avistar.

– Olha lá, sargento!

Desmontou e engatilhou a carabina. Maciel, montado, sacou a pistola. O tordilho repechava a coxilha com um trote solto e levantava e baixava energicamente a cabeça.

– É ele – garantiu Maciel.

– Tenta te aproximar pelo flanco do mato – ordenou Pazos, de joelho na terra e fazendo pontaria.

O sol reverberava no cano da arma e ele esperou um momento antes de fazer fogo. Ao mesmo tempo, o tordilho caracoleou e se deteve.

– Nos viu – resmungou Pazos.

– Atire – gritou o sargento e esporeou o cavalo, partindo a galope.

A detonação fez o cavalo de Pazos dar um salto. Bráulio Velasco – o terceiro homem – notou a fumaça e ouviu muito perto o silvo da bala. Através da fumaça, Pazos viu o tordilho fugir para o mato. Tornou a fazer fogo, enquanto Maciel, a todo galope, disparava sua pistola. O tordilho alcançou as primeiras árvores. Pela terceira vez, já tentando a sorte, fez fogo o comissário, mas o tordilho desapareceu no meio do arvoredo.

Pazos ergueu-se, o rosto contraído pela raiva, e ainda pôde ver o sargento entrando no mato. Seu cavalo (seu cavalo de confiança, o incansável e dócil zaino grande) o esperava a umas cinqüenta varas[7], com as rédeas no chão e as orelhas tesas.

Galopeou também na direção do mato.

Árvores e arbustos se apertavam num denso emaranhado. Enquanto procurava pegadas ou uma brecha, Pazos teve a impressão de que o mato literalmente havia tragado o bandoleiro e o sargento. Encontrou uma picada (ou algo que parecia uma picada) e enveredou por ela, mas sem demora ramos de espinhos cortaram-lhe o caminho. Desmontou e seguiu a pé. Um teto de folhas filtrava o sol oblíquo, uma quase penumbra se fechava ao seu redor. Várias vezes parou para escutar e nada escutou além do silêncio, aquele silêncio rumoroso, latente e como espreitante que é próprio dos matagais.

O comissário não era homem de render-se às dificuldades de uma empresa, mas concluiu que era um absurdo continuar a busca num labirinto como aquele e já quase sem luz. E retornou ao cavalo e logo à base da coxilha, com a idéia de esperar Maciel ali.

O sol descia como se despenhando, como sempre desce no verão em campo aberto, depois que o dia

---

7. Antiga unidade de medida de comprimento equivalente a cinco palmos, aproximadamente 1,10 m. (N.T.)

comprido se interrompe. O sol caía e caía e o mato não devolvia o sargento. Pazos não queria prosseguir sem ele e ao mesmo tempo repetia a si mesmo que precisava de luz para localizar a picada e vadear o arroio. Resistiu até o sol roçar nas copas das árvores, e então, dizendo-se "não demora ele aparece", deu rédea ao zaino rumo à estância do inglês.

❖ ❖ ❖

Mr. David Greenstreet recebeu o comissário com uma hospitalidade resignada. Um lampião de inusitado engenho (no qual Pazos não soube reconhecer um farol de barco) iluminava a enorme sala de jantar, onde o inglês se encontrava a sós com seus cachorros. Penduradas nas paredes, grandes gaiolas de pássaros adormecidos.

– Posso lhe oferecer assado e bolachas – disse o inglês, num espanhol laborioso. – Um copo de rum?

– Não, *gracias*.

Enquanto comia, Pazos explicou em que diligência andava e mencionou o propósito de no dia seguinte dar uma batida em regra pelos matos.

– Nunca vi Velasco – disse Mr. David, como a lamentar-se.

– Posso contar com seus peões?

– Se eles quiserem... – bebeu meio copo de rum e perguntou sem interesse: – E o homem não vai fugir durante a noite?

Anos de experiência respaldaram a resposta do comissário:

– Bandoleiros não arredam o pé do mato.

– Acredito.

– Além disso, Velasco não tem cavalo pra ir muito longe. Posso contar com o senhor?

– Não. Em meu país só caçamos raposas.

Houve um breve silêncio. O inglês esvaziou o copo e tornou a enchê-lo, dizendo, com gravidade e vagar:

– Andei caçando homens há muito tempo. Em 1882, na Índia, sob as ordens do Coronel Richardson...

E carregando o copo e a garrafa, mudou-se da cadeira para uma poltrona. Ao lado havia uma mesa baixa e sobre ela um aparelho muito estranho que o inglês acionou. O aparelho emitiu uma melodia como morta de sono, à qual somou-se em seguida a voz de uma mulher cujo canto, aos ouvidos de Pazos, era uma sucessão de aprazíveis alaridos. Mr. David ouvia com olhos parados e bebia grandes goles de rum. Era evidente que tinha dado por finda a conversa e que procedia como se o comissário não existisse. Este, mais desconcertado do que ofendido, achou melhor ir deitar-se.

❖ ❖ ❖

Dormiu pouco e esperou o raiar do dia tomando mate com um velho de barbas brancas e poucas palavras que era o capataz da estância. Inquietava-o a ausência de Maciel. Era quase uma insensatez pensar que tivesse continuado a busca no matagal anoitecido. Teria ocorrido alguma coisa? Difícil que um homem experimentado como Maciel fosse vítima de um percalço maior. Como explicar, então, tanta demora? Pensou num extravio no mato, numa peleia de morte com Velasco, numa queda de cavalo, num tremedal, numa cobra venenosa...

Embora ninguém ignorasse que Velasco pelearia como um puma, os peões não se negaram a participar da batida. Quase todos estavam curtidos por coisas bem piores, como o recrutamento nas guerras civis que costumavam alvoroçar a campanha. E talvez mais de um recebeu com secreta alegria a idéia de interromper o tédio das tarefas habituais.

O comissário deu as instruções que o caso requeria e os enviou em diferentes direções. Partiu ele mesmo pelo caminho mais curto, na companhia do velho capataz.

O sol já vinha querendo se mostrar.

❖ ❖ ❖

A uma légua escassa, o caminho fazia a volta num cerro. E ali os dois ginetes se encontraram com outro que galopeava em sentido contrário e que era o Sargento Maciel.

– Onde andavas? – perguntou Pazos.

Maciel respondeu em tom de informação, mas sua satisfação era evidente:

– Prendi Velasco nesta madrugada.

– Quê?

– Prendi Velasco, meu comissário.

Pazos aproximou seu zaino do mouro de Maciel.

– Vivo?

– Vivinho.

– Onde?

– No mato.

– Como o encontraste?

– Ele fez fogo cedo demais e vi o clarão. Dei voz de prisão, mas... tive que pelear.

Agora o comissário notava uma ferida no braço do sargento e uma mancha de sangue em sua camisa, pouco abaixo da clavícula.

– Onde o deixaste?

– No mato, atado com o maneador.

– Ferido?

– Pouca coisa.

– E esses talhos aí?

– Arranhões, meu comissário.

– Muito bem, amigo Maciel. Vamos buscar esse safado – e olhando para o capataz: – Pode voltar, Dom

Eustáquio. *Gracias.* Avise os homens que não preciso mais deles e diga ao inglês que aqui nós caçamos bandoleiros, não raposas.

❖ ❖ ❖

Numa pequena clareira do matagal estava Bráulio Velasco, de costas no chão, atados os pés e as mãos com o maneador bem sovado de Maciel. Estava sério, tranqüilo, e uma barba de ao menos um mês emoldurava seu rosto e o invadia. Tinha na testa marcas de golpes, fios de sangue seco, tinha os olhos semicerrados e como ausentes por completo. Ao redor, mas como a mil léguas, estalava em sol novo e passarada toda a alegria de uma límpida manhã no mato. Não pareciam molestá-lo nem um pouco as moscas felizes que o atacavam. A poucos passos, maneado com maneia de trava, o tordilho se espichava em vão para comer liquens que cresciam no tronco de uma alfarrobeira seca. Mais perto, viam-se as peças do arreio, estendidas no chão do modo como é usual arranjá-las para dormir. Mais perto ainda, a cinza e até alguma brasa do fogo que havia muito se apagara e que, muito alto e madrugador, denunciara o bandoleiro ao insone sargento. E a meio caminho entre o homem e o cavalo, no chão e como sem dono, o punhal que Maciel, com um golpe de sua faca, fizera saltar da mão adversária.

Comissário e sargento chegaram caminhando, tinham deixado os cavalos na entrada do mato. Velasco olhou para os dois homens muito altos, parados ao seu lado, e logo desviou os olhos, como se quisesse apagá-los. Pazos o observava. Olhou também para o tordilho, os arreios, o resto do fogo. Maciel foi buscar o punhal e o deixou cair junto do poncho e do chapéu, ao lado dos arreios.

– Velasco – chamou Pazos.

O bandoleiro não demonstrou ter ouvido.

– Velasco – tornou o comissário.

O homem parecia não escutá-lo. Pazos, que era da raça dos que batem, deu-lhe um pontapé nas costelas. Velasco abriu de par em par seus olhos intensos e os cravou em Pazos. Seus lábios apertados nada disseram.

– *No hay matrero que no caiga*[8] – disse o comissário, exagerando seu inveterado e, sem dúvida, altaneiro sotaque espanhol. – E aí está – acrescentou, com desprezo –, se acabaram tuas desordens e fanfarronadas.

Os olhos do bandoleiro continuavam cravados nos seus. Não viu neles temor, mas uma espécie de resistência primária, elementar, parecendo-lhe que duramente se negavam, entre outras coisas, a vê-lo, a ver o senhor Comissário Ramiro Pazos, a ver nele algo mais do que um homem qualquer que lhe batera e que poderia bater novamente. E pensou que aquele

---

8. Verso do *Martín Fierro*. (N.T.)

bandoleiro derrotado poderia ser submetido a qualquer castigo, até torturado, sem que se conseguisse de seus olhos outro modo de olhar. E descarregou-lhe outro pontapé, muito mais violento.

– Comissário – reclamou Maciel.

Pazos encostou o cano da carabina na cabeça de Velasco.

– Devia te meter uma bala pra poupar trabalho e papel, mas é melhor deixar que apodreças no xadrez.

Pela cara angulosa e quieta do bandoleiro passou veloz um trejeito que podia significar "pouco me importa", e então o comissário cuspiu nele.

Maciel interveio, decidido:

– Não destrate o homem, comissário.

Pazos mediu o subordinado com um olhar comprido.

– Não destrate o homem, faça o favor – tornou o sargento, com vagar, contido.

– Está bem – aceitou o comissário, passado um momento. – Quem prendeu foi tu... Desata os pés dele.

Maciel cumpriu a ordem.

– De pé – disse Pazos.

O homem não se moveu. O sargento agarrou-o pelos ombros e o fez sentar-se.

– De pé – repetiu o comissário, gritando.

Velasco permaneceu sentado.

– De pé, já disse – gritou Pazos, mais forte, e golpeou violentamente o ombro dele com a culatra da arma.

– Comissário – protestou Maciel –, assim eu solto o homem.

– Cala a boca!

– Olhe que...

– Cala a boca, eu já disse!

Maciel afastou-se um pouco.

– De pé – rugiu Pazos.

Quando fez menção de golpear outra vez, Maciel saltou e tomou-lhe a carabina.

– Pra trás!

– Maciel!

– Pra trás, comissário.

Pazos recuou. Estava desarmado, tinha deixado nos arreios a baioneta curta que era a sua arma branca.

– Eu disse que não destratasse o homem. Eu o prendi peleando... e agora vou soltá-lo.

Pazos quis avançar.

– Pra trás – repetiu o sargento, trocando a carabina de mão e desembainhando a faca.

Cortou o maneador e Velasco ergueu-se. Pazos, rapidamente, recolheu do chão o punhal do bandoleiro.

– O senhor mesmo terá que prendê-lo, comissário – disse Maciel.

E com um movimento quase cerimonioso, lançou sua própria faca aos pés de Velasco. Deixou a clareira com passos urgentes, usando a carabina para afastar os ramos dos arbustos espinhentos.

Ainda com pressa, chegou à beira do arroio. Largou a carabina no pasto e sentou-se num barranco, os pés a poucos centímetros da água. O arroio naquele ponto era um lagoão encorpado e talvez profundo, e o sargento ali ficou, cabisbaixo, como perdido em pensamentos difíceis, como esperando que o fundo secreto do lagoão respondesse às perguntas que se fazia sem ao menos saber como formulá-las...

Ao cabo de longos minutos ouviu passos surdos que se aproximavam, mas não se voltou. Os passos se detiveram: um homem, um homem que arquejava, estava parado atrás dele. Continuou olhando a água e o reflexo mostrou-lhe que o homem era Velasco. Nem assim olhou para trás. Mais do que viu, sentiu a mão que lhe entregava a faca. Tomou-a, deu uma olhada nela e a lavou. Secou-a no cano da bota e a guardou na bainha.

– Às suas ordens, sargento – disse Velasco.

Maciel continuou imóvel e calado.

– Me entrego – insistiu o homem.

Maciel não olhou para o bandoleiro nem para a imagem dele na água. Como para si mesmo, ou para ninguém, ou para o mutismo do lagoão ou para todos os homens, disse:

– O zaino do finado é mui guapo de pata.

Cavalos do amanhecer

O cão saiu do rancho e, perto da porta, pôs-se a latir e uivar para a noite sem lua. Depois voltou e deitou-se, rosnando, na cinza aos pés do dono.

– Não se assanhe, Correntino – disse Martiniano Ríos, que nas longas madrugadas de fogo de chão (era um gaúcho habituado a esperar o dia *lavando* morosamente o mate comprido) costumava dizer coisas ao cachorro.

Achas de coronilha ardiam em brasas cor de sangue, os gravetos choravam uma seiva espumosa e levantavam pequenas chamas de bordas azuladas, a fumaça fugindo pela porta entreaberta e pelas frestas da quincha. Numa espécie de nicho cavado na parede de barro, uma peça de bronze, que um dia tinha sido a calota de uma carruagem luxuosa, servia de pedestal a um candeeiro que fumaceava quase tanto quanto o fogo.

Ainda faltava muito para amanhecer. A nova luz, para chegar àquele rancho solitário, precisava vencer léguas de trevas, andar bom tempo sobre coxilhas e repechos onde o vento negro penteava o pasto de outono, sobre arroios que varavam a noite às cegas e cavalhadas inquietas e vacas de grandes guampas, sobre montes, cerros, casarios.

Martiniano, abancado num cepo, mateava e fumava com gestos lentos, precisos. Envergava todas as suas prendas, desde as botas até o chapéu de copa redonda. Na guaiaca larga e adornada de moedas, o facão de aço espanhol e o revólver de cano curto, de fabricação francesa. A poucos passos, no outro lado do tabique de juncos que dividia o rancho em dois, dormiam a mulher e o filho. Embora não o sentisse claramente, aquelas criaturas adormecidas – carne quase própria, repousada e indefesa –, mais do que próximas, estavam como dentro dele, profunda e misteriosamente.

Correntino, como sempre, não dormia nem cochilava. O cachorro de pêlo tigrado seguia dando mostras de um desassossego insólito e mais de uma vez seu dono precisou silenciá-lo.

– Cusco de merda – chegou a dizer. – Quer acordar Josefa e o guri?

Josefa, bem mais jovem do que o quarentão Martiniano, era uma mulher tristonha e indiática, com um daqueles corpos nativos de fêmea que, *a lo largo*, sempre se tornam um pouco pesados. Tinha uma pele suavíssima e nela um cheiro fundo, bravio – como de sanga à sombra de salgueiros –, que Martiniano farejava como animal perdido à procura de um rumo, e que, segundo lhe constava, nenhum outro homem tinha farejado.

O guri era um piazito magrelo, vivaz, de oito anos recém-feitos, cujos traços prometiam recordar um dia a cara ossuda, tensa, pouco expressiva e às vezes carrancuda do pai.

– Se acalme – tornou Martiniano (que jamais tuteava o cachorro), num tom que quis ser amistoso. – Antes de clarear o dia não podemos saber o que se passa em sua cabeça.

Mas Correntino continuou agitado e o homem, pouco a pouco, também foi-se enervando, sem demora teve a certeza de que alguma coisa ruim, ou ao menos perigosa, era adivinhada pelos sentidos de bruxaria daquele neto de cães selvagens. Ainda assim, continuou a cevar e a tomar seus mates com a moderação habitual. Várias coisas pensou. Entre elas, recordou-se de que dias antes, no bolicho, ouvira falar na possibilidade de uma guerra civil. De vez em quando, como sempre, golpeava as achas de coronilha com um arame trançado e encostava as brasas na cambona negra e bojuda. Seu único gesto inusitado foi levar uma vez a mão à guaiaca, para comprovar o que sabia: ali estavam o revólver e o facão.

Grande era a intimidade de Martiniano com as horas derradeiras da noite. Sabia esperar o dia com um ajuste perfeito entre sua alma e o tempo liso da espera. Nesse ajuste se somavam ou colaboravam o fogo, o mate, o fumo, o bem-estar do corpo descansado e são que dormira com mulher, o sereno encantamento de estar só e sentir-se acompanhado. Naquela madrugada, contudo, uma impaciência nova substituía-se ao gozo antigo e manso do amanhecer, e a aurora parecia retardar-se além da conta. Quando, finalmente, ela chegou, quando Martiniano *soube* – por cem signos, sem necessidade de olhar – que já clareara o bastante, levantou-se, apagou o candeeiro e saiu do rancho. Deixou trancado o cachorro, em cuja discrição não podia confiar.

Vastas luzes já se adonavam do céu, mas ainda remanesciam massas de névoa noturna, como querendo resistir ao rés do chão. O rancho ficava ao pé de uma coxilha alta, quase na base da encosta que ascendia suave e longamente. Martiniano, com passos receosos, detendo-se repetidas vezes para observar as cercanias, deu uma volta completa ao redor dele. Nada viu que justificasse a inquietação de Correntino e seguiu caminhando até o forno de pão. O vento da noite morria pouco a pouco, em sopros cansados. No lombo da coxilha, fragmentos de névoa se afastavam uns dos outros, como a debandar sem pressa. Estava nascendo o dia no céu, estava subindo a estrela d'alva como um olho de cavalo assassinado, e as estrelas em pânico fugiam ou naufragavam. E estava nascendo o dia também na terra, em torno de Martiniano, com a algazarra dos passarinhos nas árvores, os mugidos da vaca leiteira, as galinhas saltando dos galhos baixos do umbu e dos beirais do galpãozinho. Martiniano esperava, sem saber o que esperava, e foi então que ouviu o coro dos quero-queros.

Um bando de quero-queros escandalizando o amanhecer não era coisa que pudesse chamar a atenção de um gaúcho. Mas os sempiternos gritões tinham vários estilos de gritar, e aquele bando invisível o fazia de maneira excessivamente desaforada e unânime. Por certo era um bando numeroso e os gritos vinham de cima da coxilha. Nessa direção pôs-se a caminhar Martiniano e em seguida parou, vacilante, à escuta, a meio caminho entre o palanque e o galpãozinho. Os quero-queros gritavam com fúria, decerto voando baixo, na altura da cabeça de um homem a cavalo. Martiniano retrocedeu sem dar-se conta e foi postar-se junto ao bocal do poço, numa atitude de coruja vigilante.

Aquele bocal fora erguido com pedras bem talhadas e solidamente assentadas, mas dispostas ao arrepio do prumo e da aparência. Era pouco mais alto do que o comum dos bocais e não era redondo. Tinha dois pilares também de pedra e também toscamente construídos. Os pilares sustentavam um travessão horizontal, pedaço de antigo varal de carreta. De tão exagerado eixo pendiam a roldana de madeira e um grande gancho de ferro. Pendurado neste, o balde de latão com sua corda enrolada como um laço.

Martiniano se acotovelou no bocal. Cabeça afundada nos ombros, queixo apoiado nas mãos juntas, esquadrinhava a coxilha com um olhar comprido. Os quero-queros continuavam a gritar como se jamais fossem calar-se. O dia ainda crescia, com toda a prepotência minuciosa com que nascem no campo os dias ensolarados. Martiniano respirava, sem que mentalmente registrasse, a emanação noturna do poço, o alento quase de ser vivo e ligeiramente trevoso da umidade e da água lá embaixo em seu sono provisório. Já sabia que esperava um ginete, ou vários, ou muitos. Exigia como nunca de seus olhos adestrados à distância. Viu ou pensou ver, contra os primeiros albores da manhã, quero-queros que se elevavam, planando, para mergulhar verticalmente sobre algo que se movia. Então trepou no bocal, agarrou-se ao travessão e ali ficou, de pernas abertas sobre o poço, a investigar os altos da coxilha.

O poço tinha uma profundidade de mais ou menos vinte metros. Nos primeiros era de bom diâmetro, com pedras iguais às do bocal, mas logo abaixo se estreitava e, num traçado irregular, ia mergulhar nas duras rochas do subsolo. Era mais velho do que a memória, ninguém no pago poderia dizer com certeza quem fora o poceiro e muito menos por que o cavara naquele lugar (a tradição oral aludia vagamente a um gringo e talvez tivesse sido mesmo um gringo, pois o uso nativo era o barril com rodas ou arrastado, o sofrido petiço aguateiro e a peregrinação à sanga ou à cacimba). Possuía um depósito escasso, de menos de um metro d'água, mas a repunha com rapidez pelas vertentes do fundo. A água era salobra, levemente azulada, com um frescor íntimo e quase alegre, ou ao menos cordial. Martiniano mais de uma vez descera para limpá-lo, auxiliado por Josefa, que com um espelho transferia lá para o fundo um raio trêmulo de sol. Descer era fácil, subir não era tão difícil.

Não soube Martiniano o momento exato em que, distintamente, pôde avistar os ginetes. Eram muitos, talvez uns cinqüenta. Coroaram a coxilha e, num tranco lento, empreenderam a longa descida pela encosta. Vinham em filas desordenadas e em pequenos grupos de três, de quatro. Quase todos traziam cavalos de tiro e alguns mais atrás vinham repontando cavalos soltos. Embora ainda não corresse o risco de ser visto, Martiniano, sem soltar o travessão, ocultou-se atrás de um dos pilares e seguiu vigiando, os olhos menos exigidos, mas atentos. Viu ou pensou ver as lanças, uma bandeira, as divisas, o reflexo do sol nos canos das carabinas, a postura "diferente" do homem que encabeçava a marcha. Adivinhou ou imaginou as caras (aqueles rostos barbados que vemos em fotografias amarelas, sem saber ao certo o que buscamos), a dura, fria e talvez insone e talvez fanática resolução nos olhos. O espetáculo não era novo para ele, mas muitos homens a cavalo, armados, sempre impressionavam. Sua mão livre tateou o cabo do revólver.

Os quero-queros já não gritavam ou ao menos não os ouvia. Os ginetes, ao longe, mudaram ligeiramente de rumo, na direção das casas. Martiniano saltou do bocal e, curvado, voltou ao rancho.

A mulher e o filho ainda dormiam. Ele acordou Josefa, disse-lhe que estava vindo outra guerra e que decidira se esconder.

– Como? – perguntou ela, ainda estremunhando no grande catre de guascas.

– Vem vindo outra guerra – repetiu Martiniano, baixo. – Servi duas vezes e não quero servir mais.

– Como? – tornou a perguntar Josefa, já sentada.

Martiniano deixara aberta a porta da cozinha e também a porta de couro do tabique. Naquela frouxa claridade, Josefa tentava decifrar o rosto de seu homem. Ainda enredada no sono, continuava sem compreender.

– Vem vindo outra guerra – disse ele, alto.

– Não acorda o guri. Outra guerra?

– Isso.

– Como sabes?

– Vem aí uma partida.

– De que lado são?

Martiniano disse de que cor era a bandeira, como eram as divisas, e acrescentou:

– Me cago pros dois. Eu não vou...

Interrompeu-o a entrada repentina de Correntino, com latidos que eram um único latido (ele saíra do rancho, recorrera a vizinhança e voltava sobrecarregado de alarmas). Martiniano calou-o com um grito e um pontapé, e o cão se refugiou, ganindo, debaixo do catre do guri, que despertou e ergueu-se.

– Dorme, filho – mandou rispidamente o pai, empurrando-o e obrigando-o a deitar-se.

Josefa era demasiado simples para perguntar-se até que ponto conhecia seu homem, mas, sem o saber, estava fazendo tal pergunta no modo de fitá-lo e no tom com que disse:

– E tu... vais te esconder?

Martiniano aproximou-se dela, falando em voz baixa para que o menino não ouvisse. Disse-lhe que sim, que resolvera se esconder, que não pretendia servir outra vez e que não queria saber de *blancos* ou *colorados*. Quase num sussurro, confiou-lhe que se esconderia no poço.

– Diz pra eles que ando tropeando – e erguendo um pouco a voz, já na porta: – Esconde as esporas e o poncho!

– Mas... – quis objetar Josefa.

– Não discute, mulher – disse Martiniano.

Por trás de um pilar do poço espiou uma vez mais os ginetes ao longe. Em seguida jogou o balde, subiu no bocal e agarrou a corda. Desceu com facilidade, apoiando o bico das botas nas saliências da parede. Ao pisar nas pedras do fundo, a água, como despertando em sobressalto, envolveu-o com seu frescor até a altura da coxa.

Quem desce num poço como aquele se distancia do mundo de uma maneira estranha. Vinte metros de descida por um buraco cavado na noite sem fim do subsolo é uma viagem vertiginosa e com certa magia. Entra-se num reino de fábula, onde tudo parece existir de forma espectral. Entra-se, nada impunemente, na vida surda e secreta do humo, na argila que sua um suor frio e cheira a tumba recém aberta, no pedregulho e na rocha que nada sabem da luz, no mundo das águas que deslizam sem parar como répteis sem olhos. Aquele que desce vai levando seus ossos até os ossos de seus antepassados e daqueles seres sem cara e sem nome que foram comidos pela terra em qualquer parte do planeta. Cada vez mais escuro e deprimente faz-se o poço. O céu é apenas uma moeda, uma distante e pequena e às vezes cinzenta moeda, e amiúde é possível ver nela, em pleno dia, estrelas que parecem duplamente longínquas. Há também um silêncio nu e puríssimo, que de imediato se integra ou se acrescenta ao negrume e à pedra, e o fundo do poço é um lugar onde se está sem estar de todo, onde muito se participa do não-estar, do ter partido, do estar morto. Nos poços fundos o ar não se renova ou mal se renova, e a falta de oxigênio (que apaga os fósforos e torna inúteis os isqueiros) acelera o coração, afrouxa o corpo e, ao cabo de alguns minutos, provoca uma embriaguez bem singular, tão singular que quase não merece ser chamada assim, é mais uma tontura com leveza de alma, uma espécie de vazio que expulsa o homem de si mesmo e o afasta um tanto do velho tempo de seu sangue.

Nessa embriaguez enganosa que de algum modo o separava do que havia feito antes e do que vivia agora, Martiniano encostava-se na parede irregular e, de tanto em tanto, erguia os olhos para o opaco redondel do céu. Já não sentia o frescor da água nas pernas. Não era capaz de ter consciência de outras sensações que não as elementares, mas sentia que alguma coisa sua, talvez importante e que não conseguia identificar, parecia fugir dele como fogem os sonhos de quem desperta. Suas mãos procuraram a corda que pendia na escuridão a poucos centímetros de seu rosto, mas logo a soltaram. Não é impossível que, ao mesmo tempo, chegasse a sentir os avanços de um desapego ao que era pessoal, ao que era ou tinha sido Martiniano Ríos. A falta de oxigênio fazia com que suas têmporas latejassem, sua boca úmida e entreaberta tinha o gosto metálico da febre. Era menor a freqüência com que levantava os olhos. O silêncio, a escuridão e a pedra, associados como para sempre, cingiam-se progressivamente acima de sua cabeça e ao redor de seu corpo frouxo. E o tempo, também progressivamente, era menos a costumeira e natural correlação entre seu pulso e a duração das coisas, e mais outro tempo que, por sua vez, mentia-lhe, porque era um tempo livre, sem governo, e dele prescindia por ser também um tempo de mundo morto.

De repente, algo reviveu no fundo do poço. Martiniano percebeu uma tensão na corda e notou que o balde, caído aos seus pés, começava a mover-se. Apertou o corpo contra a parede e cobriu o rosto com os braços. O balde roçou nele e bateu-lhe fracamente no lado da cabeça. Um dos ginetes, com certeza, ia tomar um caneco d'água. Um instante depois sentiu uma grande angústia e desejou, suplicou até que o desconhecido (imaginou-o velho, de barbas brancas) baixasse o balde. Passaram-se minutos como léguas e nada aconteceu. Sem a corda, jamais conseguiria sair do poço. Pensou na mulher e no filho. Chegou a lembrar que Josefa mais tarde baixaria o balde, mas a lembrança de nada lhe serviu. Esteve a pique de gritar. Também esteve a pique de tentar a impossível empresa de subir pelas paredes e até agarrou-se a algumas saliências, esfolando os dedos. Essa ansiedade, no entanto, não se prolongou. Como esgotado, como se tivesse gasto a quantidade disponível de energia e angústia, Martiniano se apaziguou ou se entregou e se deixou levar – a cabeça inclinada, o corpo ainda mais frouxo – por aquele tempo que, simultânea ou alternadamente, enganava-o e o esquecia. E se deixou cair no desapego e na desesperança, estado ao qual não era alheio certo bem-estar indefinível.

O ruído do balde, que descia batendo nas paredes, despertou Martiniano. Por certo, era Josefa. Ergueu os braços, mas não pôde evitar que o balde (o aro de ferro que possuía na base) o ferisse levemente na altura das sobrancelhas. Agarrou com força a corda. Dois fios de sangue lhe correram pelos lados do nariz, alcançando o bigode, a boca. Percebeu que, ao pegar e apertar a corda, retomava algo de si mesmo, começava a recuperar parte do mundo que o poço roubara ou havia cerceado. Três ou quatro vezes passou a língua nos lábios e o gosto do sangue acudiu secretamente em seu auxílio, fez-lhe um favor preciso e anônimo, quase clandestino. Olhou o pequeno círculo do céu (bem mais claro do que antes), que lhe pareceu muito alto, tão alto que ele até se surpreendeu. Respirou fundo, encheu os pulmões com aquele ar pobre e começou a subir. Subia com extrema dificuldade: estava fraco, entorpecido, e a sola escorregadia das botas não se firmava nas pedras. Varias vezes precisou deter-se para descansar e, sobretudo, para respirar. Em nenhum momento pensou que não poderia subir, mas sentia, na medida que subia, maiores ânsias de alcançar o bocal, crescente urgência de voltar ao mundo. Chegou, afinal, à parte em que havia pedras lisas e bem calçadas, ali era ainda mais difícil apoiar as botas. Fez um grande esforço, subiu outro tanto. Ergueu os olhos e a luz do dia o ofuscou. Mais um esforço, outro ainda, um grande esforço final e conseguiu sentar-se no bocal, pestanejando, ofegante.

Subira muito o sol enquanto Martiniano, por assim dizer, havia faltado. A manhã ia já pela metade, estática, gravemente luminosa, era um dia outonal cheio de si mesmo e como bem maduro. No centro do dia e de sua própria solidão, viu Martiniano as casas que eram ou tinham sido suas. O primeiro olhar nada lhe restituiu. Cobriu os olhos com as mãos, encheu e tornou a encher os pulmões, e então olhou, piscando, o rancho, o galpãozinho, o palanque, as árvores... Os únicos seres vivos que avistou foram as galinhas que ciscavam no esterco deixado pelos cavalos do amanhecer. Martiniano olhava e não se achava. E Josefa? E o guri? Quem perguntava era um outro Martiniano, que parecia chegar para juntar-se a ele. Desceu do bocal, com pressa de chegar ao rancho. Pouco faltou para que tropeçasse, metros adiante, no corpo de Correntino, lanceado no costilhar e degolado *a lo cristiano*.

A porta do rancho estava aberta.

Martiniano entrou e encontrou sua mulher sentada no cepo, curvada, o queixo muito próximo dos joelhos, nua e protegendo-se com um cobertor. Sondou-lhe o rosto, os olhos, e compreendeu que muitos homens se haviam revezado em cima dela. E ela não baixava os olhos (vivos e muito humanos, embora sem vontade de expressar coisa alguma, na cara de animal judiado). Olhavam-se em silêncio. E nesse silêncio Martiniano ouviu um soluço no outro lado do tabique de juncos. Abriu a porta de couro com um pontapé. Não no catre pequeno, mas no grande, no conjugal, estava seu filho, encolhido, o rosto oculto entre os braços, chorando baixinho. Martiniano abriu a janela, viu os salpicos de sangue e não precisou ver mais nada para saber que o menino tinha sido castrado. Fechou os olhos, o rosto contraído. Deu meia-volta, abandonou o quarto. Ao passar pela cozinha olhou para Josefa com olhos que pareciam dilatar-se.

Martiniano Ríos chegou ao poço e tirou um balde com água, colocando-o sobre o bocal. O nó da corda na alça do balde estava muito apertado, ele desembainhou o facão e o cortou. Ia guardar novamente o facão, mas desistiu, cravou-o numa greta do travessão e ali o deixou. Com grande cuidado pendurou o balde cheio no gancho de ferro. Depois lançou a corda ao poço e subiu no bocal. Desceu com facilidade, chegando sem demora ao fundo. Decerto nem sentiu a água nas pernas. Sua mão procurou o cabo do revólver, os dedos da outra apalparam o percussor. Apoiou o cotovelo na parede, o cano da arma encostado na fronte. Nem olhou para cima.

Diego Alonso

Diego Alonso saiu de casa, saltou a valeta, cruzou a rua e começou a atravessar o terreno baldio que havia defronte, cabeça erguida, olhos limpos, rosto firme em seu desenho e aberto e também sereno, a boca modulando um assobio baixo, de sossegados ritmos. Era um homem de menos de trinta anos, estatura acima da mediana, pernas longas e torso bem calibrado. Vestia uma calça azul e camisa cor de tijolo. O lenço no pescoço e a faixa na cintura identificavam o filho de um bairro popular, ainda com valões, cavalos e macegas. Levava lisamente penteado o cabelo negro e forte, e uma barba de cinco ou seis dias lhe sombreava o rosto. Caminhava com passos seguros e elásticos, erguendo-se sobre os golpes surdos das alpargatas na terra endurecida pelo longo verão.

No meio do terreno, parou para acender um cigarro. Recomeçou a andar com passos que o fumar, talvez, tornou algo entediados. Nas pausas do cigarro retomava o assobio baixo e monótono, de frouxas modulações. Avançou pelo costado de uma cerca de tunas, esquivou-se do triste caos de uma lixeira e chegou à rua do outro lado, larga, terrosa, plena de lembranças do antigo tempo. À sua esquerda, as luzes do crepúsculo repintavam uma parede rosácea. Ele olhou sem ver essa parede, e as casas humildes, e os ranchos sem janelas. Fumando e assobiando, subiu a rua sem árvores, mas cheia de crianças e cães, rua inocente que parecia preparar-se para receber, como um sacramento, a noite que se aproximava.

As sombras ascendentes já haviam ultrapassado a porta e agora escureciam, acima, o letreiro onde se lia: *Barbearia A Liberal*. O barbeiro interrompeu seu trabalho para levar um fósforo ao lampião. Provou o fio da navalha com a unha do polegar e continuou afeitando o homem de botas que ocupava a única cadeira.

– Na escuridão só há uma coisa que é bemfeita – acabava de dizer, rindo, o ferreiro gordo que esperava a vez. – É ou não é? – insistia, com um largo sorriso estático.

O barbeiro (quarentão de cabelo encanecido e muitas profissões, com vago passado carcerário, com histórias de mulheres, conhecido e respeitado nos antros de jogatina) apenas grunhiu, aprovador, e aproximou mais os olhos do rosto do cliente. Disse, autoritário:

– Não se mexa, Dom Sánchez.

Vivia o dono *d'A Liberal* um dia taciturno e sombrio. Uma carranca contrariada, um ar de inconcreta hostilidade, raros em sua fisionomia nas horas de trabalho, surpreendiam naquele sábado a costumeira clientela. Em alguns momentos, sobretudo em certos gestos profissionais, seu rosto indiático denotava uma dureza rancorosa, uma aspereza quase insolente.

O sorriso do ferreiro foi cicatrizando devagar. O barbeiro trocou a navalha pelo pincel e logo o pincel pela navalha, o homem de botas aproveitou a trégua para espichar os braços e olhar-se furtivamente no espelho. Nem o ruído da barba raspada, nem o zumbido daquelas moscas úmidas, pertinazes e como sonâmbulas que se criam nos povoados em fim de verão, conseguiam arranhar o silêncio, e até pareciam inscrever-se ou instalar-se nele, marcando-o com sinais de vida e dando-lhe uma presença completa, atuante.

– *Buenas* – disse Diego Alonso, entrando.

Dirigiu curto aceno para o lado da cadeira (sem perceber, no espelho, os olhos bruscamente dilatados do barbeiro), olhou o relógio de parede, apertou a mão do ferreiro e foi sentar-se num banco perto do cabide. A contida energia de seus movimentos transformou-se logo numa espécie de abandono, de curtida paciência. Apoiou os cotovelos nos joelhos, baixou a cabeça – calando assim o ferreiro, antes que começasse a tagarelar – e assim ficou, absorto, na contemplação de suas alpargatas brancas.

O barbeiro, porém, tinha interrompido seu trabalho, e de frente para Diego Alonso o encarava duramente, mantendo no alto, como se fosse lançá-la, ou esquecido de que a empunhava, a navalha cheia de sabão. Com algum sentido sem nome, Alonso percebeu o longo, continuado impacto daqueles olhos, e ergueu os seus. No seu rosto desenhou-se o espanto, no do barbeiro terminou de compor-se o ódio. Quase ao mesmo tempo, a voz do último, cortante e muito mais aguda do que de ordinário, quebrou o silêncio:

– E ainda tens coragem!

Sem dissimular o assombro, Alonso contraiu o rosto num esforço para compreender.

– Quê?

– Ainda te animas a vir aqui – gritou o barbeiro.

Largou a navalha no balcão, avançou até o centro do salão e ali plantou-se, numa expectante e desarticulada atitude de peleia. O homem de botas, com uma das faces e o pescoço cobertos de espuma, virou-se na cadeira, atônito. Diego Alonso continuou imóvel no banco, pálido, tenso, perplexo. O olhar vivaz e pueril do ferreiro questionava alternadamente, com uma urgência medrosa, os dois homens que se defrontavam. O barbeiro moveu os lábios grossos como se fosse falar, mas não emitiu som algum. A voz de Alonso era insegura:

– Mas... qual é o problema?

– Ah, não sabes?

– Não, não sei.

– Com quem pensas que vais dormir hoje de noite? Me diz: com quem?

Alonso ergueu-se. Tinha compreendido e recuperava sua habitual segurança. A voz dele se fez mais nítida, quase um desafio.

– Tens alguma coisa a ver com isso? Por acaso a mulher é tua?

– Não, não é, mas tenho muito a ver – respondeu o barbeiro, rouco, e levou a mão direita com o dedo em riste. – Não te esquece disso!

– Pior pra ti – retrucou Alonso, encaminhando-se para a porta.

Mas o barbeiro, com a boca ainda aberta, as mãos em posição de ataque, barrou-lhe a saída. Alonso cerrou os punhos e avançou um passo. O outro encolheu-se um pouco e de imediato se aprumou, luzindo em sua mão o punhal curto e fino que sempre trazia na cintura.

– Agora te mostro o que é que eu tenho a ver – e deu a primeira punhalada.

Alonso esquivou-se por centímetros e recuou. Embora lhe fosse bem presente que não trazia sua faca – e chegasse até a pensá-la, a *vê-la* embainhada, na gaveta da distante mesinha de cabeceira –, tateou e tateou de novo a faixa. Muito pálido, recuou mais um passo até encostar-se na parede.

– Droga – murmurou, entre dentes. – E me pega desarmado.

O homem de botas, na cadeira, buscava com os olhos uma toalha, um pano, um trapo qualquer para limpar a espuma, buscava desesperadamente, como se lhe fosse vedado intervir ou pôr-se a salvo enquanto lhe restasse no rosto um pingo de sabão. O ferreiro, como por milagre, já se encontrava no meio da rua.

– Me pega desarmado – repetia Alonso, fixado na frase.

Rosto tenso, trêmulo, punhal imóvel rebrilhando à luz do lampião, o barbeiro dominava o salão.

– Agora vou te mostrar – insistiu, com um furor já repleto de cálculo e crueldade.

Alonso, encurralado, olhava para o punhal. A mão que o esgrimia era grande, morena, de pele esticada, articulações nodosas, sem veias no dorso. Gelada, mas viva, inexorável, a curta folha de aço se aproximou pausadamente, com a ponta para baixo. Logo girou e ergueu-se, rapidíssima, relampejando em busca de seu peito. Alonso tornou a saltar, esquivando-se outra vez por muito pouco. Como ausente de si mesmo e restrito a instintos, preciso e vertiginoso, agarrou o banco em que estivera sentado e, já na véspera de outra punhalada, descarregou-o no barbeiro. Este defendeu-se com os braços e recuou, cambaleando, sem soltar o punhal. Alonso conseguiu alcançar a porta.

A rua suburbana, que pouco antes pertencia às crianças, aos cachorros e às manchas crepusculares, estava agora imersa numa atmosfera liberta e noturnal que sabia a campo e cavalhadas. Diego Alonso, comprido de pernas, corria na direção de sua casa. O barbeiro o perseguia, proferindo injúrias. Duas quadras adiante, muito atrasado, desistiu da perseguição. Viu o fugitivo desaparecer atrás da cerca de tunas e regressou lentamente à barbearia, virando a cabeça a cada poucos passos, o punhal sempre na mão.

❖ ❖ ❖

Ainda restava uma claridade tranqüila e tardia na janela de vidros sujos, retângulo de luz diurna que ali morria sem luta e cujo gris poeirento mostrava a peça numa quietude abandonada, íntima e também vagamente defendida.

Diego Alonso deu duas voltas na chave e encostou-se na porta, de frente para seus escassos, velhos móveis, rodeado de trastes familiares que ele mesmo arrumara ou desarrumara. "Que merda", disse em voz alta, entre arquejos, e permaneceu vários minutos como escutando os batimentos de seu coração no silêncio da peça. Depois fechou e trancou o postigo da janela e se aproximou do canto em que estavam a cama e a mesa de cabeceira. Sem saber bem o que fazia, lascou um fósforo e, ao encostá-lo no pavio da vela, surpreendeu-se ao ver que sua mão tremia. Esperou que a vela ardesse, apagou o fósforo e deixou-se cair na cama.

Enquanto o ritmo do coração diminuía, sedimentava-se em Alonso a sensação humilhante de ter sido usado e vexado por acontecimentos inesperados e demasiado vivos, por "coisas que não deviam acontecer", segundo disse consigo. Ao mesmo tempo – e veloz e confusamente, e já com certa perspectiva da lembrança –, via de novo o punhal, a cara do barbeiro, o banco erguido, a mão grande e morena e de pele esticada, as apertadas paredes do salão, o rastro do punhal no ar... Com amargura, via-se dando saltos desesperados, manoteando, dando com o banco, fugindo... "Que merda", repetiu, sublinhando as palavras com uma raiva consciente. Era a raiva de ter sido surpreendido e, sobretudo, envolvido pelos fatos, sem que pudesse pôr em ação a coragem de que se sabia capaz. "Mas que coisa!", disse. E por que aquilo tivera de acontecer? Ah, se tivesse sabido. E sentiu-se miserável, miserável como não se sentia desde a adolescência, embora sentisse também que essa miséria não era sua, antes uma decorrência dos fatos. Deixara-se envolver numa situação implacável, absurda e pérfida. "Puta que o pariu", exclamava. Mas compreendia que o essencial, o seu, não fora tocado, e que a raiz da coragem também continuava intacta. Olhou para a vela (cuja luz centralizava a intimidade da peça), estirou-se na cama e, quase calmo, começou a pensar no incidente, a buscar suas possíveis causas. Rapidamente, recordou e relacionou alusões não entendidas, circunstâncias que não levara em conta. Teria a mulher tentado avisá-lo? O que se passara entre ela e o barbeiro? Seria ela um pouco culpada? "Não, ela não tem culpa", afirmou para si mesmo. E ao pensar naquela mulher que possuía olhos de quem recém despertara, e cadeiras largas e planas – mulher que havia sido, durante muitos dias, a forma exata do desejo –, notou em sua carne que quase não a desejava. Fechou os olhos e tratou de pensá-la com o corpo, de evocá-la direta e puramente em sua condição de fêmea, mas a carne continuou sem responder... Entre o homem que meditava abandonado na cama e o homem que horas antes, inteiro, firme no tempo, estava chegando ao encontro marcado e à promessa da noite, existia, como inimiga, uma distância cheia de coisas perdidas e fora de lugar, de coisas a retificar e, sobretudo, a recuperar. Então sentiu pena, vasta e aguda pena por isso e por tudo: pelos insensatos minutos vividos, pelo barbeiro, pela mulher, pelo seu desejo quase morto, por ele mesmo correndo como um menino assustado pela rua suburbana. Moveu as mãos num leve gesto de rechaço e, deixando a cama, começou a andar de um lado para outro.

Quatro passos até a porta, quatro passos até a parede do fundo... As alpargatas brancas, indo e vindo, golpeavam sem vigor o piso de tábuas frouxas. E cada passo, cada indistinto e leve golpe, parecia ir alentando em Diego Alonso a necessidade de recuperar o perdido, de reconquistar o que garantia nele mesmo e no tempo o homem que ele era durante a tarde. Deteve-se frente à porta fechada e pensou no homem com seu corpo que, ao entardecer, fumando e assobiando, avançara pela rua sossegada. Pensou nele como em outro, como numa pessoa querida que já não existia ou que estava longe, muito longe. Por um momento ainda, ficou olhando como através da porta. Apertou os punhos, os lábios, apalpou a faixa na cintura e recomeçou a caminhar de um lado para outro. Sim, tinha de tornar a ser o que fora naquela tarde, naquele dia, naquele ano, o que havia sido sempre desde o dia ou minuto já esquecido em que de uma vez por todas descobrira quem era. Tinha de refazer-se, ou ao menos tentar. E podia, pois a raiz da coragem estava intocada. Quatro passos até a porta, quatro passos até a parede do fundo... Seus pés golpeavam agora com mais decisão as tábuas trêmulas do assoalho. Finalmente, fez aquilo que, desde longo tempo – talvez desde que entrara em seu quarto –, sabia que de algum modo iria fazer: abriu a gaveta da mesinha de cabeceira e agarrou a faca.

❖   ❖   ❖

Ao entrar novamente n'*A Liberal*, com a faca escondida na faixa, Diego Alonso não deixou de observar no espelho os olhos do barbeiro, que se dilataram. Outro cliente, a cara irreconhecível sob a espuma e o pincel, ocupava a única cadeira. Um desconhecido de aspecto enfermiço e roupa escura esperava a vez.

Alonso sentou-se no mesmo banco de antes, que estava com uma perna torta e o assento arranhado. O silêncio da barbearia, sem o zumbido das moscas já adormecidas, era liso e quieto, inquebrantável. Na parede, o relógio roía o tempo, seu tique-taque incidindo limpa e delicadamente no silêncio e tornando-o como perfeito. Distantes, quase irreais dentro da noite, chegavam gritos de crianças. O lampião fumegava um pouco.

O barbeiro largou o pincel e, circunspecto, profissional, começou a passar a navalha. Uma mariposa noturna esbarrou no tubo do lampião.

– Pensei que ia encontrar a barbearia fechada – ressoou de repente a voz descolorida e nasal do homem que estava na cadeira. – Pobre do compadre Atanásio. Imagine só, morrendo e...

– No sábado fecho mais tarde – interrompeu-o com voz severa o barbeiro. – Fique quieto – ordenou, erguendo a navalha e espiando o imóvel Diego Alonso pelo espelho.

O desconhecido de aspecto enfermiço fechou um palheirinho delgado e começou a fumar com movimentos duros. Apertava bem a boca depois de aspirar a fumaça e a expelia pelo nariz, em dois sopros verticais, como a respiração dos cavalos no inverno. Alonso olhava para o chão, para suas alpargatas, para o indiferente homem de roupa escura, para a fumaça do lampião. Via os ombros e a nuca do homem que era afeitado e, sem olhar diretamente, via o barbeiro. Ouvia a marcha do relógio, algum grito solto e longínquo, latidos, o levíssimo ruído da navalha, e sentia a palpitação de seu próprio sangue.

– Pronto – disse o barbeiro.

O homem se olhou no espelho e pagou.

– E amanhã já estarei barbudo – murmurou, sem dirigir-se a ninguém. – As noites de velório apressam muito a barba.

Nenhum dos outros demonstrou ter ouvido.

– Sirva-se – disse o barbeiro.

O homem recebeu o troco, cumprimentou com timidez e saiu. O desconhecido ocupou a cadeira.

– Barba – disse. – Uma só passada.

O barbeiro começou a ensaboá-lo.

O relógio avançava sobre o tempo. Seu tique-taque encarniçado aniquilava os segundos, demolia e consumia os minutos. Era um pequeno, insaciável monstro comendo o tempo, engolindo-o e expelindo-o, como essas minhocas que avançam devorando seu caminho na terra. Alonso olhava para o chão, para as alpargatas, para a bagana fumegante que o homem de preto deixara cair. Via mover-se e trabalhar o barbeiro e sentia nas têmporas e nos pulsos a corrida de seu sangue. A navalha não produzia ruído algum ao cortar a barba, decerto escassa e fraca, do enfermiço forasteiro.

A bagana deixou de fumegar. Pouco a pouco aumentava o número de mariposas noturnas que batiam no tubo do lampião. O incessante tique-taque trabalhava habilmente a superfície lisa do silêncio. Alonso tinha vontade de fumar, mas não o fazia.

– Pronto – disse o barbeiro.

Alonso e o barbeiro ficaram sozinhos. Ao lado da cadeira, o barbeiro dobrava uma toalha e punha naquilo um cuidado desmedido. Seus olhos de vidro negro, muito próximos entre si, espiavam não o rosto de Alonso, antes a atmosfera em que se inscrevia a cabeça imóvel do homem sentado. Este, em troca, mantinha seu olhar diretamente no rosto e nos olhos do outro. Meio minuto, quem sabe, assim. Depois o barbeiro guardou a toalha, que talvez tenha sido aquela que com maior esmero dobrou em sua vida. Alonso ergueu-se e, muito pálido, o rosto como nublado e endurecido pela vontade de guapear, avançou e ocupou a cadeira.

– Faz a minha barba – disse, com voz clara e fria.

Fechou os olhos e apoiou a nuca. O barbeiro o olhou quase como olhava o fio da navalha para descobrir alguma mossa e, em seguida, gravemente, agarrou o pincel. Muito séria e fechada a cara meio indiática, brilhantes e contidos os olhos muito próximos entre si, estrito e preciso em seus movimentos, cobriu de espuma a barba do homem que tentara apunhalar.

Anos de ofício, centenas e centenas de barbas ensaboadas pareciam convergir naquela precisão muito ritual. Abandonou o pincel e, com maior gravidade ainda, pegou e ergueu a navalha. A afiadíssima folha de aço rebrilhou na luz do lampião, empunhada pela mão enorme, morena, de articulações nodosas, sem veias no dorso. Diego Alonso não abriu os olhos.

A navalha começou seu caminho ao lado da orelha, desceu pela face, chegou até o osso da mandíbula, deteve-se... O barbeiro limpou-a e passou-a no alisador. Ela rebrilhou de novo, aproximou-se do rosto de Alonso e continuou afeitando em volta do queixo. Produzia um leve ruído, áspero e seco. Tornou a deter-se, tornou a rebrilhar depois de limpa e, mudando o ângulo de seu fio, baixou até o pomo-de-adão, desviou-se, afeitou um lado da garganta. Os movimentos do barbeiro tornavam-se ainda mais refreados, profissionais e mais lindeiros do ritual do que quando manejava o pincel. Rebrilhou a navalha, começou seu caminho ao lado da outra orelha, desceu pela face, repetiu toda a operação. Diego Alonso respirava pelo nariz, compassada e audivelmente, com muito de quem dorme. Fio para cima, a navalha foi do queixo ao lábio inferior, afeitou os cantos da boca, saltou, limpou o espaço do bigode, terminando por descobrir um rosto duro no qual os olhos fechados difundiam hermetismo.

– Pronto – teve de chamar o barbeiro.

Alonso abriu os olhos, fitou-o e disse:
– Outra passada.
– Em contra?
– Sim.

De novo fechou Alonso os olhos e de novo o pincel o mascarou de espuma. E a rápida e cintilante navalha, com breves interrupções, recorreu o contrapêlo de sua face, costeou o osso da mandíbula, afeitou os costados do queixo, saltou para o lábio superior. Quase de ponta, buscou e limpou os troncos do pescoço, o pomo-de-adão, a garganta.

– Pronto – voltou a chamar o barbeiro.

Alonso abriu os olhos e endireitou-se na cadeira. O espelho devolveu-lhe um rosto bem barbeado, pálido, bem afirmado em seu desenho. O barbeiro, um pouco afastado, demorava-se secando o pincel e a navalha. Alonso o fitou por momentos. Reacomodou o frouxo lenço que trazia no pescoço, abandonou a cadeira, largou algumas moedas no balcão e saiu da barbearia. O barbeiro apressou-se atrás dele, mas não foi além da porta.

A rua suburbana estava cheia de noite, de uma noite recente e agreste, sem lua e como deitada boca abaixo, de costas para o alto e estrelado céu de verão. Débeis lampiões subiam em perspectiva rumo ao centro do povoado, outras luzes indolentes desciam e iam dessorando até perder-se na direção do campo.

Diego Alonso, comprido de pernas, dono de passos seguros e elásticos, saiu andando rua acima. Caminhava com seu caminhar de sempre, sem pressa, erguendo-se sobre os golpes surdos da alpargatas na terra endurecida. O primeiro lampião o iluminou. Perto da esquina, já na luz do segundo lampião, retomou o assobio baixo e monótono, de sossegados ritmos. Devia, quem sabe, dobrar à direita, mas não o fez, seguiu em frente pela rua que subia. Outro lampião o denunciou, já menos nitidamente.

Da porta d'*A Liberal*, inclinando-se para enxergar melhor, o barbeiro via Diego Alonso afastar-se. E já não o via, apenas o adivinhava. Inclinou-se mais, quietos os olhos como pedras negras. Outro lampião por momentos descortinou o vulto do homem que se afastava. O barbeiro continuou olhando, obstinadamente. Um lampião distante mostrou-lhe uma sombra que talvez fosse Diego Alonso. Continuou olhando... E quando era de todo impossível vê-lo, e quando o soube também fora do alcance de sua voz, voltou-se, entrou na barbearia e fechou a porta com um golpe seco e exagerado.

Lua de outubro

A espaçosa sala de jantar da estância Alvorada tinha móveis altos e escuros, um grande relógio de peças de bronze, uma lareira cujo consolo exibia troféus de exposições de gado e quadros a óleo onde lebres e perdizes mortas, penduradas pelas patas, pareciam continuar morrendo interminavelmente ou estar fixadas numa morte intemporal. Era iluminada por um lampião de querosene suspenso no teto e um candelabro de três velas sobre uma trípode de ferro. Estavam ali quatro pessoas: o dono da casa, Dom Marcial Lopes, sua esposa, Dona Leonor, um dos filhos do casal e um visitante que se chamava Pedro Arzábal. Tinham acabado de jantar e permaneciam à mesa.

Dom Marcial e o visitante se demoravam numa conversação a que não faltavam charutos de tabaco havano e uma garrafa de conhaque francês. O filho dos Lopes, rapaz de nome igual ao do pai e do defunto avô, e que chamavam Marcial *chico*, não fumava, não bebia e só de vez em quando dizia alguma coisa. Dona Leonor, olhos quietos, cabelo preso e negro, com fios brancos, mãos repletas de anéis, mantinha-se em silêncio. Talvez julgasse impertinente, ou impróprio para mulheres, intervir numa troca de idéias cujo tema era a reprodução do gado bovino e durante a qual, por exemplo, seu marido dizia: "Entoure em potreiros grandes. O touro mais macho, que mais persegue e que vai emprenhar mais vacas, esse é o melhor touro, o melhor pai".

Pedro Arzábal, que administrava havia poucos meses uma estância vizinha e pela primeira vez era recebido pelos Lopes, escutava com interesse as palavras de um homem quase velho e com larga experiência na criação de vacuns, como era o caso de seu anfitrião. O relógio ia desenredando com parcimônia um tempo que era simultaneamente tempo de conversa e tempo de estância.

Fora da sala, cuja porta para a varanda estava aberta de par em par, crescia e maturava uma noite de primavera e lua cheia, plenilúnio de outubro. Embora límpida, era uma noite como socavada por rajadas de um insidioso vento norte, de baforadas quase quentes, tormentoso ou arauto de tormentas, que rescendia a suor noturno de carqueja e de trevais. A lua, no começo enorme e com tonalidades de vermelho-sangue, erguera-se como um ser vivo das coxilhas fronteiriças, brasileiras, e agora seu círculo perfeito, menor, já restituído à sua cor da prata albina, alcançava a altura das agudas pontas triangulares do gradil que separava o pátio interno do quintal, e sua luz se espalhava com uma minúcia que dir-se-ia deliberada sobre as laranjeiras, a fronde do jasmineiro paraguaio, o silencioso tumulto das samambaias, o bocal do poço, as duas palmeiras anãs e as lanceoladas, rígidas, brilhantes folhas da magnólia a ponto de florescer.

Todos os que vivem ou já viveram no campo sabem que, em noites assim, as luzes dos homens atraem grande quantidade de insetos voadores. Aquela noite não era diferente: rondando a luz do lampião e fazendo tremer a chama das velas, batendo no tubo do vidro e no quebra-luz do lampião e pousando em sua barroca urdidura de arabescos metálicos, tombando às vezes com as asas chamuscadas e voejando outras vezes rente à toalha, chocando-se contra copos, cálices, jarras, saleiro e garrafas, havia exemplares que eram como vivas e impertinentes ilustrações de um manual de Entomologia ("A lua cheia e o vento norte deixaram a bicharada bem cargosa", comentou em certo momento Dom Marcial. E Dona Leonor murmurou, sem dirigir-se a ninguém: "Devíamos ter fechado a porta"). Além das indefectíveis moscas domésticas e dos pontuais cascudos, compareciam diferentes variedades de mariposas, muitos gafanhotos, alguns isópteros ventrudos e zumbidores, numerosas efêmeras, uma meia dúzia de libélulas de compridos abdômens e asas como de mica, duas ou três bonitas joaninhas... E podia ver-se também, aparecendo já parado, como num pedestal, sobre a laranja na fruteira de vime – e logo desaparecendo sem que ninguém o visse partir –, um elegante, espigado, belíssimo mantídeo religioso, o conhecido *mamboretá*, voraz carniceiro, caçador de hábitos diurnos, mas que não despreza uma noite clara, inseto de mais do que tigresca ferocidade, que por sua postura alerta que semelha um crente orando é chamado comumente *louva-a-deus* ou *o profeta*, e cuja fêmea quase sempre assassina e devora o macho após a cópula.

Pedro Arzábal viu Dona Leonor servir um prato a mais, das quatro travessas trazidas da cozinha por uma mulata de carapinha mais branca do que gris. Aqueles pratos com comida fria, cobertos por um guardanapo engomado, estavam à espera na cabeceira da mesa. Arzábal conjeturava sobre quem seria o comensal atrasado e, ao mesmo tempo, adivinhava a resposta. Sabia, como sempre se sabe dessas coisas no pago, que o casal Lopes tinha três filhos: o jovem de perfil achatado e grosso bigode preto sentado à sua direita, outro varão que vivia em outra estância, e uma mulher, a primogênita, com o mesmo nome da mãe e a quem chamavam *niña* Leonor. Por certo, pensava o visitante, era ela a comensal retardatária.

Da *niña* Leonor contava a vizinhança que, na puberdade, fora enviada a um colégio de freiras em Montevidéu, e que regressara (ou fora obrigada a tanto) dois ou três anos depois, em circunstâncias jamais esclarecidas. Muitos – as mulheres, sobretudo – asseguravam que voltara grávida e estava criando um menino secreto. Outros diziam que havia contraído uma doença incurável, ou que estava endemoniada, ou que simplesmente era biruta ou lunática. Outros, decididamente, opinavam que a cidade grande e o exagerado *catolismo*, talvez um homem – ou a falta de um homem, discrepavam alguns –, tinham-na levado à demência ou à semidemência. Era verdade que ela jamais saía das casas, que nenhuma carta em seu nome era entregue no bolicho da estrada e que ela parecia evitar que a vissem os peões muito de perto. Verdade também que se vestia de modo estranho e que certo dia alguém a vira querer despir-se na chuva em pleno pátio. E que ninguém podia dizer, sem mentir, que com ela tivesse falado nos últimos anos. Era, sem dúvida, a mulher mais controvertida da região, mas havia algo em que todos, até os que a conheciam só de ouvir falar, estavam de acordo: sua beleza, "sua estampa de fêmea perfeita", segundo ouvira Arzábal de um estanceiro biscainho, amigo de Dom Marcial.

Várias vezes, na tarde daquele dia (quando o trote do alazão o aproximava das casas da Alvorada e seus olhos davam com as árvores, os tetos de telhas marselhesas e, quase ao lado do caminho, o jazigo da família, e quando recorria depois, com Dom Marcial e Marcial *chico*, os piquetes dos tourinhos, e quando mateava ao entardecer com pai e filho, sentados os três em fardos de alfafa no galpão dos touros estabulados, e mais insistentemente ainda após aceitar o convite de Dom Marcial para jantar e pousar na estância – "Fique até amanhã, não é bom andar à noite sem necessidade")... várias vezes Pedro Arzábal havia pensado na primogênita dos Lopes e não evitara as vozes ligeiramente malsãs da curiosidade, os desejos abstratamente voluptuosos de conhecê-la. Homem de trinta e poucos anos, era desde sempre – desde a adolescência num povoado do sul, onde as sestas dos patrões favoreciam a caça às criadinhas, onde as chinocas entravam no cio do mesmo jeito que as cadelas e as prostitutas usavam vestidos de panos brilhosos – um macho alerta, inquieto com as mulheres.

E agora aqueles pratos à espera...

– *Bueno* – respondeu em dado instante a Dom Marcial, que oferecia mais conhaque.

Ao mesmo tempo algo o fez pensar de novo, vivamente, na mulher cuja figura nunca vista já o assediava como os insetos assediavam o lampião e a chama das velas: ao oferecer o cálice para Dom Marcial servir, ouviu abrir-se a porta que dava para um corredor lateral e viu entrar na sala alguém que só podia ser ela.

Era alta, vestia roupa escura. Entrou silenciosamente e se deteve. Nem Dom Marcial nem Marcial *chico* deram mostras de tê-la visto, e Dona Leonor, sem olhar para ela, estendeu o braço e retirou o guardanapo que cobria os pratos. Houve um silêncio breve, mas bem marcado, e Arzábal compreendeu que também ele devia proceder como se não a tivesse visto.

Dom Marcial encheu o cálice do hóspede e disse:

– É um velho costume botar os touros no rodeio a primeiro de novembro. Mas como é preciso cuidar muito nos primeiros dias, e no meu estabelecimento, por respeito aos finados, nunca se trabalha no dia dois, sempre boto no dia três... e não espero os primeiros terneiros antes de cinco de agosto.

Essa frase, dita como reiniciando a conversação por qualquer idéia solta, soou como o estatuto da ordem tácita de ignorar a recém-chegada.

Arzábal aprovou com a cabeça e, querendo confirmar, disse o que primeiro lhe ocorreu:

– O problema é que nunca se sabe se o tempo vai favorecer as parições.

Dom Marcial sorriu apenas, complacente:

– Alguma coisa pode-se saber, amigo. Veja a cor das azedinhas na rebrotação dos cardos.

– E o pelecho dos potrilhos do outono – acrescentou Marcial *chico*, com um sorriso mais aberto.

– É possível – disse Arzábal, e recordou, em matéria de previsões, uma frase ouvida de lavradores canários[9] numa província do sul: "Ano de pulgas, ano de trigo".

Niña Leonor não se movia, iluminada, peito acima, mais pelas intranqüilas e vivas velas do que pela

---

9. Das Ilhas Canárias. No Uruguai, sobretudo nos departamentos do sul – Canelones, San José –, os imigrantes canários foram pioneiros na atividade agrícola. (N.T.)

luz preguiçosa do lampião. Sua tez era talvez olivácea, e escuríssima e comprida a revolta cabeleira. Tinha ou adquiria algo de estátua, acentuada tal sugestão pelo rosto parado e pela largueza e simplicidade de suas roupas singulares, combinação de um poncho com o hábito de alguma ordem religiosa. Seus olhos intensos e, ainda assim, meio perdidos – ou como alheios ou dispensados da função de olhar –, pareciam ir reconhecendo pouco a pouco, laboriosamente, o que havia na sala. Mantinha a boca, grande e úmida, ligeiramente aberta. Estava parada justamente debaixo de um dos quadros, onde as lebres e as perdizes penduradas pelas patas seguiam morrendo interminavelmente. Uma mariposa esvoaçava ao redor de sua cabeça.

Arzábal bebeu um gole de conhaque e, por cima do cálice, observou-a como quem espiasse. Disse consigo que em nada se enganavam aqueles que, com diferentes palavras, insistiam no que dissera o estancieiro espanhol: uma estampa de fêmea perfeita.

Dom Marcial enumerava problemas e tarefas inerentes à parição das vacas, ao passo que Dona Leonor, com o mesmo guardanapo que cobrira os pratos, afugentava as moscas que tentavam sentar na comida. A propósito de uma pergunta de Arzábal, Marcial *chico* começou a discorrer sobre o cruzamento de raças bovinas. Arzábal tomou outro gole e espiou de novo a *niña* Leonor. Adivinhou e quase viu até, sob as dobras do tecido escuro, as formas de um corpo firme e macio, e notou ou intuiu nos olhos dela, com leve fascinação e nem tão leve inquietação, um não-olhar próprio da solidão sem portas ou janelas dos dementes.

Marcial *chico*, subitamente loquaz, relacionava as vantagens e inconveniências dos animais mestiços, Dom Marcial fumava em silêncio e bebia vagarosamente seu conhaque, Dona Leonor de quando em quando agitava o guardanapo, Arzábal fazia mais perguntas, e a *niña* Leonor, lentamente, aproximava-se da comprida mesa, sentava-se à cabeceira desocupada, de frente para o pai, à direita da mãe, à esquerda do visitante. Sua atitude era a de animal caçador atraído pela presa, com vacilações de gato selvagem que se aventura ao lugar da carneação. Vinha, era evidente, de outras coordenadas, outros sistemas, e a presença do desconhecido, provavelmente, tinha muito a ver com sua cautela ou seu receio.

Dona Leonor empurrou os quatro pratos na direção da filha, que começou a comer vorazmente, sem erguer os olhos. Agora Arzábal não podia olhar, teria de voltar o rosto, um movimento indisfarçável. Mas de algum modo a sentia, registrava-a ali à sua esquerda, a menos de três passos, comendo com uma fome saudável e urgente, com muito de animal que devora outro animal, que devora ensimesmado em seu devorar.

Em questão de minutos, desordenadamente, *niña* Leonor engoliu sua comida, entreverando tudo, a galinha com arroz e o assado de ovelha com farinha, grandes bocadas na omeleta e rápidas colheradas no creme de cacau com cerejas bêbadas. Depois petrificou-se, muito séria, um tanto frouxa a formosa boca, as mãos – de compridos dedos reluzindo a gordura e unhas roídas – descansando na toalha, os olhos de íntimo brilho fitando o nada e como enfatizando o pequeno (e talvez vastíssimo) mundo fechado de sua insânia.

A mulata velha apareceu sem que ninguém tivesse chamado e, batendo as chinelas, recolheu os pratos vazios. Dona Leonor suspirou profundamente, desejou boa noite a Arzábal e abandonou a sala pela porta do corredor. Dom Marcial corrigiu (erradamente, pensou Arzábal) algumas considerações do filho e serviu mais conhaque em seu cálice e no do visitante. Arzábal comentou que, lá nos campos fronteiriços, sua preocupação maior não era a conformação, mas o desempenho e a resistência dos animais. Pouco depois *niña* Leonor ergueu-se e, tão silenciosamente como entrara (calçava alpargatas, por certo), retirou-se da sala pela porta que se abria para a varanda. Passou a curta distância de Arzábal, que sentiu nos ombros o ar deslocado pelo corpo dela, pela ampla, flutuante vestimenta, e até acreditou perceber o cheiro confidencial e solicitante, quase de exigência, da mulher que saía.

A conversação entre os três homens prolongou-se por uma hora mais e, pouco a pouco, foi perdendo o vigor. Dom Marcial a finalizou:

– *Bueno*, já é tarde, hora de dormir – e dirigindo-se ao filho: – Acompanha o amigo até o quarto de hóspedes.

– Até amanhã – disseram ao mesmo tempo o velho estancieiro do norte e o homem do sul.

– Durma bem, vizinho – acrescentou o velho.

– Igualmente – disse Arzábal, com um ligeiro cumprimento de cabeça.

– Vem comigo, Pedro – disse Marcial *chico*.

Seguido por Arzábal, saiu pela varanda para um pátio como pendurado na lua, naquela poderosa lua de outubro que já estava muito acima das pontas de lança do gradil.

– Por aqui, o quarto fica do outro lado – tornou Marcial *chico*.

E naquele exato momento, Arzábal viu a filha dos Lopes perto do tronco da magnólia, fora das sombras das laranjeiras, não longe do bocal do poço, imóvel sob a luz minuciosa que parecia encharcá-la de chuva e ao mesmo tempo reverberava delicadamente em seu rosto e seus cabelos. E quando, sem querer ou contra a vontade, entreparou para contemplá-la, ela emitiu um mugido pungente, uma imitação perfeita do mugido mais triste e suplicante de uma vaca. Arzábal fez como se nada tivesse visto ou ouvido e continuou caminhando um pouco atrás de Marcial *chico*. Nem meia dúzia de passos tinha dado quando ouviu novamente, às suas costas, o mugido alongando-se.

Os dois homens ultrapassaram um portão de ferro que rangeu e saíram para o quintal. A noite ali era mais noite e, por assim dizer, mais lunar. Também era mais audível o trabalho do vento nos ramos mais altos de algumas árvores. Marcial *chico*, decerto, julgou que devia uma explicação:

– Está meio louquinha, a pobre. Lua cheia, vento norte...

Arzábal nada comentou.

❖ ❖ ❖

O quarto de hóspedes era separado do núcleo das casas, a muitos metros do galpão de esquila e das dependências dos peões e próximo de um poço artesiano e do catavento. Vizinhava em diagonal com um galpãozinho quadrado e tinha um pequeno telhado sobre a soleira da porta. Marcial *chico* abriu essa porta e, entrando na frente, lascou um fósforo e acendeu a vela na mesa de cabeceira, num castiçal de bronze. Arzábal sentiu o cheiro de lugar fechado e de limpeza.

Era um quarto pequeno, paredes de tijolos à vista, caiadas, piso de lajotas vermelhas. Além da cama e da mesinha, havia ali duas cadeiras de reto e alto encosto de couro e uma cômoda de madeira envernizada, com tampo de mármore gris e um espelho oval. O ar era um tanto úmido e mais frio do que o de fora, com aquela impessoalidade que costumam ter os quartos pouco ou anonimamente ocupados. O rapaz abriu a janela que dava diretamente para o campo, para o potreiro dos cavalos que seriam encilhados pela manhã, e retornou à porta.

– Amanhã te acordo com o mate. Dorme bem.

Arzábal, inaugurando o bem-estar de ficar só, tirou a campeira e pendurou-a numa das cadeiras. Tirou o cinto com o revólver – cinco balas no tambor – e o colocou sobre a cômoda. Viu seu rosto no espelho e não se desgostou com o que viu. Sentia-se bem, embora um tanto cansado, e estava satisfeito com o que fizera e vira durante a jornada. Olhou-se ainda uma vez no espelho, em seguida saiu do quarto e contemplou a noite, a lua tão perfeita. Esteve a ouvir o catavento, do qual as rajadas ventosas arrancavam queixumes de alma penada e, vez por outra, chiados ásperos, dentados. Ouviu também, desde sua esquerda, para os lados da estrada e do jazigo, gritos e pios de corujas, e algures um latido solto e sem dono e um bramido sonâmbulo de touro. Viu que a estância toda dormia, à margem dos ruídos e dos sons, numa espécie de eternidade, para a qual muito colaborava a atmosfera de irrealidade que sempre provém da luz da lua: uma eternidade terrestre e emprestada que ele pôde sentir, ou sentiu remotamente, como promessa cifrada de negação de toda morte. Tinha bebido vários cálices de conhaque, e o álcool acendia pequenas e inquietas labaredas no seu sangue. Andou alguns passos olhando para a lua, distanciando-se das casas, deteve-se num alambrado de cujos fios viam-se apenas brilhos opacos. Encostado num dos moirões, respirou profunda e deliberadamente o ar que cheirava a trevos e um pouco a tormenta e mais a distâncias de campo aberto. Continuava sentindo-se bem, muito de acordo consigo mesmo, com o crepitar e as travessuras do conhaque em seu corpo, apesar do ligeiro cansaço. Via agora, potreiro adentro, grandes sombras de animais pastando e pensou que entre elas estaria seu alazão, e sentiu pelo cavalo uma ternura vaga, um impulso de carinho, uma vontade algo inconcreta de dar-lhe um tapa nas ancas. Ao cabo de minutos, andou em sentido contrário, parou na quina do galpãozinho e contra ela urinou longamente. Enquanto o fazia, pensou que naquele galpãozinho, com certeza, eram guardadas velhas armas, móveis em desuso, esporas, rebenques de defuntos... Olhou depois para as edificações principais da estância. Talvez tenha percebido que a grande casa em forma de U não parecia coisa feita, mas criada, como parecem, em certos dias cinzentos, mais ainda em noites de lua, as estâncias solitárias como ilhas, em campos que parecem mares. E inevitavelmente imaginou, em algum lugar do casarão, *niña* Leonor talvez adormecida, talvez desperta, com a insônia da loucura, despojando-se da indumentária quase religiosa, desnudando o corpo admirável, feito para um homem – seguramente um quarto escondido e de teto altíssimo, com paredes mofadas, com móveis sem espelhos, um quarto talvez com ratos mostrando o focinho pelas brechas do assoalho, com manchas de umidade nas paredes e o forro desenhando monstros e figuras lúbricas –, desnudando o corpo perfeito para deitá-lo... mulher sem macho, fêmea desperdiçada... numa cama estreita, desolada, silenciosa, talvez com lençóis sujos... uma cama para a inquietude, para o delírio, para o pesadelo e a mais amarga masturbação... Moveu energicamente a cabeça, como querendo expulsar as fantasias, e voltou sobre seus passos até a porta do quarto. Mas não entrou, seguiu até o ângulo final da parede. Dali olhou, apenas por olhar, o campo secretamente vivo dentro da noite, o vulto negro do jazigo dos Lopes. Homem do sul, onde as pessoas enterram seus mortos em grandes cemitérios comuns, ainda não se habituara àqueles jazigos de família, tão abundantes no norte, e permaneceu por longo tempo ali, quieto e ouvindo mais do que antes o piar das corujas, contemplando sem saber por que o lugar onde muitos Lopes por sangue ou casamento, desde o fundador da estirpe no lado de cá da fronteira, estavam se transformando de carne corrompida em ossamenta e de ossamenta em pó, bem no centro de suas possessões mundanas: as muitas sesmarias de campo mal havidas, ou havidas não se sabia como, por um jovem lugar-tenente do Barão de Laguna.

Finalmente, regressou Arzábal à pequena habitação de paredes caiadas, fechou a porta e correu o trinco, fechou também a janela, despiu-se, deitou-se, soprou a vela. Em seguida adormeceu e não duvidemos de que seus últimos pensamentos, já meio confusos e fragmentados, já muito livres e como em debandada, tenham girado em torno da louca talvez sem cura que pudera conhecer naquela noite.

❖   ❖   ❖

Enquanto Arzábal dormia e sonhava sonhos que desconhecemos (mas bem podemos supor que aludiam à filha dos Lopes), o vento norte continuava arrancando prolongadas queixas e ruídos metálicos do catavento, e gritavam incontinentes as corujas, e mugia como em sonho um touro e uivava em algum lugar um cão, e aves de vôo silencioso sobrevoavam como bruxas as árvores das casas, e casais de raposas no cio perseguiam cordeirinhos tardios nas coxilhas pedregosas, e uma vaca que acabava de parir lambia o terneiro e sorvia pedaços da placenta, e a lua subia e subia no céu que era só dela. E estava muito alta, muito solitária, quando golpes na porta do quarto despertaram o homem que pela primeira vez pernoitava na estância. Ele acendeu a vela, intrigado, e ouviu novas batidas, mais peremptórias. Vestiu-se sumariamente, enquanto a intensidade das batidas já demonstrava a impaciência de quem estava do lado de fora. Com a vela na mão, aproximou-se da porta. Um pressentimento lhe disse que quem chamava era a *niña*. Abriu a porta e deu com ela, quieta, séria, audivelmente arquejante. Não trazia as negras vestes talares de horas antes, mas um poncho claro e leve que mal lhe chegava aos joelhos. Fez menção de entrar, Arzábal lhe deu passagem. Estava descalça. Entrou com olhos baixos e deixou escapar um grunhido surdo, quase feroz e também ansioso. Sem erguer os olhos, várias vezes levantou e baixou os braços, num adejar breve e desengonçado, mau arremedo de uma tentativa de voar. Arzábal notou que debaixo do poncho estava nua. E fechou a porta. Ela o fitou como se fosse atacá-lo, ele largou o castiçal sobre a cômoda e a agarrou pelos braços.

Não era virgem, e soube acomodar seu corpo debaixo do corpo do homem. Impetuosa e muda, soube impor ritmos e adequar-se aos ritmos do macho. Também soube obter, num comércio consigo mesma, dois profundos, quase desconsolados orgasmos, que Arzábal acompanhou passo a passo na respiração, no esforço e nos naufrágios de ar na garganta (várias vezes tentou beijá-la, ela desviava a boca). Simultaneamente com o segundo intervalo ou o segundo desmaio de um estertor que ia de fora para dentro dela, Arzábal deixou de conter-se.

Já temos todos sentido que, depois de uma cópula parelha, parece sobrevir uma onda em refluxo que, por um momento, arrasta os corpos a uma paz submissa e compartilhada, de sangues irmanados. Nada disso aconteceu: *niña* Leonor evadiu-se do abraço de Arzábal e saltou da cama. Rapidamente, juntou do chão o poncho (do qual Arzábal a despojara com dois tironaços), cobriu-se e foi se olhar no espelho. A vela a iluminava de baixo para cima e sobrepunha em seu rosto sombras que desenhavam uma máscara. Sentado na cama e ainda com desejo, Arzábal a contemplava e, no espelho, via aquele rosto mais estranho do que nunca e o canal dos seios nascendo na abertura do poncho. Viu também que ela começava a fazer caras, procurando sabe-se o que em seus traços deformados pelas sombras, e depois francas caretas, como a debochar de si mesma. Ergueu-se e quis agarrá-la outra vez, ela o viu no espelho e, sem voltar-se, abriu a porta e fugiu sobre o silêncio de seus pés descalços. Arzábal ficou algum tempo à porta, vacilante, frente a frente com a imensidão da noite, que agora ele não contemplou. Depois, mecanicamente, fechou a porta, tomou o castiçal, deitou-se, soprou a vela. A cama cheirava a mulher. Não lhe foi fácil dormir.

❖ ❖ ❖

Enquanto Arzábal dormia e sonhava sonhos que desconhecemos e jamais saberemos, a lua caía e caía no céu envelhecido, que já se tornava vítreo, e finalmente a aurora começava a erguer suas pestanas sobre as coxilhas úmidas de orvalho. E já havia muita luz nascendo e duas chaminés fumaceando na estância Alvorada, quando novos golpes na porta outra vez despertaram o homem que dormia. Não acendeu a vela, pelas frestas da janela viu que havia amanhecido ou estava amanhecendo. Levantou-se, abriu todos os postigos. Suficiente luz grisácea varou os vidros, ao mesmo tempo em que os golpes se repetiam. Quem chamava, decerto, era Marcial *chico*. Gritou "já vou" e começou a vestir-se. Recordou-se da visita da *niña* e sorriu, talvez com certo orgulho masculino. Rememorou velozmente, reviveu quase, pormenores daquela visita, e pensou que não podia nem devia, jamais, contar aquilo a alguém. Batidas na porta novamente, agora mais enérgicas. Ainda vestindo-se, abriu a porta.

Quem ali estava não era Marcial *chico*, mas sua irmã. Não trazia o poncho claro com que viera por volta da meia-noite, mas as mesmas roupas escuras do jantar. Tinha também, embora menos perdido ou livre, o mesmo olhar duro com que entrara na sala de jantar e permanecera longos minutos sem aproximar-se da mesa. Se bem que em seu rosto não houvesse nada que sugerisse um sorriso, a boca entreaberta e úmida deixava ver a linha branca dos dentes.

Homem e mulher fitaram-se por instantes, logo ela avançou e ele afastou-se para deixá-la entrar. *Niña* Leonor andou até perto da janela e voltou-se. Arzábal viu na mão dela o brilho de um revólver e era seu próprio revólver, que deixara sobre a cômoda e de cuja subtração não se apercebera. Com um manotaço tentou desarmá-la, ela saltou para o lado e, rapidamente, começou a atirar.

Os dois primeiros e quase simultâneos balaços feriram de morte Pedro Arzábal. Os outros três, mais espaçados, teriam sido uma violência ou pelo menos um excesso, assim como as inexplicáveis dentadas que o legista encontrou no pescoço e no peito do cadáver.

A vassoura da bruxa

Para contar certo tipo de história é preciso fazer algo muito parecido com cavalgar a vassoura de uma bruxa. Montado na vassoura, portanto, começo a narrar esta história desde seu início, um duelo de facas lá por volta de mil oitocentos e setenta e tantos.

Ocorreu tal duelo num pequeno potreiro de cavalos onde havia um bolicho de um espanhol (e também uma estação de diligências), não longe do lugar em que o Arroio Porongos desemboca no Rio Yí. Os duelistas eram um tropeiro chamado Miguel Yuste e um tratador e variador[10] de parelheiros cujo sobrenome era Paredes e cujo prenome foi esquecido. Miguel Yuste era alto, corpulento, entrado em anos. Paredes, ainda jovem, era pequeno e delgado como convém a um variador.

Uns quinze ou vinte curiosos presenciaram as alternâncias da peleia. Todos, como é natural, mantiveram-se em respeitosa distância. Entre eles havia três filhos de Miguel Yuste, moços já de barba cerrada.

O sábio esgrimir do tropeiro compensava a maior mobilidade do variador. Para compensar,

---

10. De variar, ensinar um cavalo a correr, acompanhado de outro animal que já sabe fazê-lo. (N.T.)

por sua vez, o desigual comprimento de braços, a faca do homem pequeno era mais longa do que a do corpulento Yuste. Os contendores cortaram-se várias vezes, mais ou menos superficialmente. Ambos faziam o possível para não ficar de frente para o sol daquela primaveril tarde de domingo. Mais do que a lâmina adversa, cada um vigiava, principalmente, os olhos do outro. Em duelos tão parelhos é sempre um erro que provoca o desenlace. E assim aconteceu: um passo em falso de Yuste, um salto do variador, uma estocada profunda no peito do homem grande, que recuou, abriu os braços e girou sobre si mesmo. O outro tornou a saltar, mas conteve o impulso da segunda facada, ou porque não quis ferir pelas costas ou porque não teve o mau ânimo de fazê-lo. Miguel Yuste, depois de um vômito de sangue, tombou de cara no pasto.

Paredes olhou ao redor com olhos que possuíam algo de convalescente, ou talvez de surpresa de menino. Por um momento – um momento paralisado, como pendurado no céu –, os circunstantes ficaram imóveis. Depois, alguns se aproximaram (talvez os mais velhos, curtidos no transe de ver gente morrer), depressa mas não correndo, do moribundo ou já defunto. O matador deixou cair a faca e encaminhou-se, cabisbaixo, ensangüentado e perdendo sangue, cambaleando um pouco, para um bebedouro que havia num canto do potreiro. Foi então que os dois filhos maiores de Yuste, de faca na mão, correram atrás dele. Mas o terceiro filho, Juan Pablo, tão alto e forte como o pai, correu junto com eles e os deteve a relhaços, insultando-os e gritando que o finado havia morrido em boa lei. Sua ação deu tempo para que outros homens interviessem e assim se salvou Paredes de uma morte certa.

Todos os presentes (menos o bolicheiro godo[11], cuja opinião foi desprezada) preferiram não avisar o subdelegado e assim evitar que a polícia viesse meter o nariz no que não era da sua conta. Cinco ou seis homens recolheram o cadáver e o depositaram à sombra, ao lado de umas árvores. Paredes, a quem desinfetaram com canha e pensaram as feridas, escolheu um bom cavalo e rapidamente sumiu no mato do Porongos, rumo norte, ou seja, na direção dos grandes matagais do Yí. Como se relhaços e insultos de minutos antes nunca tivessem ocorrido, os filhos de Yuste sentaram-se muito juntos no chão, a curta distância do corpo do pai. Não falavam com ninguém, nem mesmo entre si. O bolicheiro, decerto para enfatizar sua discordância e sua não-ingerência, fechou com tranca a porta do bolicho. Três voluntários bem montados laçaram uma vaca e voltaram com o couro, as vísceras, os costilhares, as paletas e os quartos.

---

11. No Uruguai, referência depreciativa que se dava aos espanhóis, descendentes de visigodos, ostrogodos e outros bárbaros. (N.T.)

Entardecia.

O velório realizou-se ao relento, debaixo das árvores. Os homens alinharam dois cavaletes com várias tábuas, em cima o couro da vaca recém-sacrificada e sobre ele o corpo de Miguel Yuste. Havia bastante lenha seca para o fogo e o fizeram vento acima para que a fumaça respeitasse o morto. Havia candeias em casitas de joão-de-barro, improvisadas com graxa de rim e corda de xergão. De algum lugar apareceram chaleiras de lata, cuias, couros de gato com erva, uma grade que serviu de grelha e espetos feitos de arame. Apesar da atitude quase hostil do bolicheiro, não faltou canha para acompanhar o mate e mais adiante uma graspa para empurrar goela abaixo a carne assada. De cara para o céu de uma noite amena e nublada, o morto presidia como em dois planos simultâneos, próxima e remotamente, aquele avatar nativo dos banquetes fúnebres da antigüidade. Sem razão ou causa explicável, durante a noite inteira o fogo esteve muito alto, sempre bem alimentado. Os irmãos Yuste matearam e beberam canha, como todos, mas só comeram alguma carne quando já cantavam o pardal e outros pássaros do amanhecer. Dos três, Juan Pablo parecia o mais fechado e carrancudo, o que mais sentia as horas que estavam vivendo. Em dado momento, foi preciso sujeitar e apaziguar um borracho, daqueles de má bebida que nunca faltam. Tampouco faltaram cães inquietos e uivadores, e não muito longe, pela noite toda, esganiçaram-se umas quantas corujas. Lá pelas tantas apareceu a lua, um claudicante pedaço de lua, elevando-se como por obrigação entre pequenas nuvens sujas. Todo velório deixa as noites mais profundas, e em qualquer delas, mesmo sob um teto de folhas, a luz do novo dia é sempre algo meio incrível, algo que chega de surpresa, algo cuja presença, no começo, parece uma intrusão.

O lugar para o enterro no campo foi bem escolhido: um sítio oculto em que o Porongos, numa de suas curvas, conforma uma meseta alta e pedregosa, com algum arvoredo, a salvo das enchentes e quase inacessível para o gado. O cortejo partiu cedo, com o primeiro sol. Levavam o cadáver enrolado no couro, atravessado e amarrado no lombo generoso de um cavalo de diligência. Os irmãos Yuste cavalgavam logo atrás do manso cavalo negro, que um mulato muito amigo do finado puxava pelo cabresto. Mais atrás seguiam outros ginetes, numa ordem que, ao natural, fez-se quase pela idade. Dois dos mais jovens levavam pás, outro uma picareta. Embora curta, a viagem a passo tornou-se muito longa e vários ginetes dormitaram no caminho.

Não era aquela o que se costuma chamar uma manhã gloriosa: havia poucas nuvens no céu, mas o ar era de mau tempo, e havia também um vento suave e rasteiro que às vezes trazia o cheiro pútrido e quieto dos banhados. A terra cascalhenta e empedrada fazia transpirar aqueles que, sob um sol que já ardia, revezavam-se, cavando a sepultura. Mutucas e moscas do mato zumbiam em torno dos homens que mourejavam naquela tarefa tão antiga e sempre renovada de enterrar um homem. Alguns bem-te-vis não visíveis gritavam, alarmados, e um casal de calhandras silenciosas espiava desde a árvore mais próxima. Com o cuidado que Deus manda, quatro voluntários depuseram na cova o cadáver enrolado no couro, e afastaram-se todos para que os irmãos devolvessem a terra ao seu lugar, após beijarem os primeiros torrões. Foram também os irmãos que, ao final, amontoaram as pedras sobre a terra fofa. Para encerrar, Juan Pablo cortou dois galhos de uma alfarrobeira, fez com eles uma cruz e a cravou no túmulo.

❖ ❖ ❖

Transcorreram anos, muitos anos, milhares de dias de horas lentas e milhares de noites rendidas ao sono, dias e noites amontoados em pequenos feixes de tempo morto, logo juntados, misturados e abreviados em fenecidos anos iguais ou quase iguais e assombrosamente fugazes. Em todos aqueles anos não aconteceu no pago nada fora do comum ou do previsível, nada para singularmente recordar ou resgatar – a não ser que se considerem como tais as quedas das nuvens de grandes mangas de gafanhotos, a epidemia de garrotilho que num verão dizimou as cavalhadas, a seca que durou tanto quanto a prenhez de uma égua, os ecos e restos de duas grossas correrias que depois foram chamadas de guerras civis. *A lo largo* daqueles anos foram morrendo os homens que, numa tarde de primavera, tinham estado a dominar em certo bolicho, e a plural, compartilhada memória do duelo, do velório e do enterro, foi como perdendo pontos de apoio, como submergindo aos poucos num esquecimento aparentado com as pedras, com as raízes do pasto, com a redonda indiferença do céu e a não-lembrança do tempo sem passado que flui mentirosamente nos arroios... E houve mudanças visíveis naquela pátria nanica: surgiram, como por si, compridas linhas de alambrados, cresceram geométricas plantações de eucaliptos – dando à paisagem uma verticalidade que não tinha –, numerosas sedes de pequenas estâncias foram demolidas ou se transformaram em taperas, ergueram-se casitas de telhado plano e outras de meiágua em coxilhas sem árvores ou nos lugares onde antes tinham estado os antigos ranchos.

Durante aqueles anos nada se soube de Paredes, nem dos dois filhos maiores de Miguel Yuste. Estes, pouco depois da morte do pai, viajaram com tropa para o sul e não voltaram. Já o variador, era como se a terra o tivesse tragado.

O menor dos Yuste, porém, seguiu vivendo no pago. Juan Pablo foi balseiro no Yí, esquilador, ocasionalmente alambrador e posteiro. Era reservado e tranqüilo, um bom vizinho, bem instalado, por assim dizer, no mundo elementar e firme (embora espreitado por colorido bando de superstições) daqueles que então povoavam nossa campanha. Chegou à maturidade sem suspeitar de que o esperava, oculta num futuro não distante, uma noite única e marcada: a noite em que... não, minha vassoura se nega a descontar *la tardanza de lo que está por venir*[12]. Basta assinalar, de momento, que Juan Pablo jamais faltava a velórios e enterros, aos quais comparecia (minha vassoura e eu damos fé) movido por confusos sentimentos de solidariedade ao morto e, num *mano a mano* consigo mesmo, com certo pudor de sobreviver, com interrogações tão mudas quanto resignadas, com uma piedade muito verdadeira... Cá da vassoura, posso arrolar mais um fato de ninguém conhecido e que, sem dúvida, tinha muito a ver com ele: de tempo em tempo aparecia endireitada ou restaurada uma cruz de pau num rincão do Porongos.

❖   ❖   ❖

Em certa manhã chegou ao cenário de minha história um velho descarnado, visivelmente no fim de

---

12. Verso do *Martín Fierro*. (N.T.)

sua existência. Era Paredes e vinha morrer no seu torrão natal. Quedou-se como agregado numa estância cujo capataz era um de seus irmãos. Já ninguém falava no duelo, prescrito também nas lembranças, e ele, ao que parece, esmerou-se em não fazer qualquer alusão. Sem demonstrar interesse especial, ouviu de seu irmão que a duas léguas dali morava Yuste. Pouco ou nada lhe significou, dir-se-ia, ouvir falar no nome daquele que, trinta e tantos anos antes, salvara-o sabe-se lá de quantas punhaladas. Em verdade, nunca se pôde saber em que medida memorizava os acontecimentos do dia em que havia matado um homem ou a tanto fora obrigado. Passava a maior parte do tempo sentado debaixo de um cinamomo, tomando incontáveis mates e fitando o chão, as alpargatas, a fumaça do cigarro que atirava ao chão, o ir e vir das formigas de sempre... É inegável que esperou a morte com um leve e vigilante beneplácito. Ao cabo de poucos meses, numa tarde de março, não despertou da sesta. O irmão decidiu que o velório seria feito na estância e mandou avisar o juiz e os vizinhos.

Outonamente serena e de lua recém-entrada em minguante foi a noite que se substituiu àquela tarde. No fundo de um galpão ou cocheira, o corpo de Paredes, homem pequeno e encurtado mais ainda pela morte, sumido num caixão grande demais, entre quatro velas e com um punhado de flores amarelas sobre o peito. Mulheres sentadas em cadeiras e bancos pelas laterais do ataúde, rezando ou simplesmente estando. Homens aqui e ali, falando de mil coisas, mas sempre com vozes opacas, refreadas. O irmão de Paredes desempenhando com algum exagero perdoável o papel de parente mais próximo. Dentro do galpão dois lampiões de querosene, outros dois no lado de fora, pendurados na parreira. Um fogo pequeno debaixo dos cinamomos e cavalos presos no palanque e nos moirões do brete das ovelhas. Várias charretes com os cavalos maneados e uma delas com os varais erguidos, como em prece para o céu sem nuvens. Diversas cuias circulando. De quando em quando a ronda do garrafão de canha com pitanga. Com seus quatro anjinhos negros de madeira, a carruagem da funerária (sem os cavalos, que pastavam no potreiro) esperava atrás das casas.

Já tarde, passava da meia-noite, chegou Juan Pablo Yuste ao velório do matador de seu pai. Era bem visível na noite clara a silhueta do homem alto e forte que sujeitava seu cavalo e desmontava. Foi logo reconhecido. A notícia de sua presença se espalhou rapidamente e muitos homens e mulheres perceberam que, sem o saber, tinham estado à sua espera.

O recém-chegado prendeu as rédeas num varejão da cancela e encaminhou-se para as luzes do parreiral. Caminhava sem pressa, com passos firmes, talvez firmes demais. Alguns homens que estavam perto do bocal do poço olharam para ele em silêncio, numa expectativa misteriosa e crescente. Acreditaram ter notado algo estranho, algo de autômato em seus movimentos. A grande lua mordida parecia iluminá-lo mais do que devia e cada vez melhor.

Yuste não olhou para ninguém e alcançou a porta do galpão ou cocheira onde estava o corpo de Paredes. Vacilou um instante, mas viu-se logo que entraria. Seu rosto, agora muito próximo de um dos lampiões, era duro, tenso, fechado. Seus olhos pareciam olhar sem ver. Respirou fundo e entrou. Há sentidos que pressentem: dois ou três homens se apressaram atrás dele.

Um minuto depois ouviu-se ruído de tumulto no fundo do galpão: gritos de mulheres, destemperadas vozes masculinas, barulho de cadeiras caídas. Os homens que estavam no lado de fora acudiram à porta. Vieram do galpão mais gritos e mais vozes e mais ruídos. E também Yuste, abrindo caminho: trazia nos braços, como a uma criança que dormia, o pequeno cadáver de Paredes.

Alguns homens tentaram detê-lo, algumas mulheres soluçavam. Yuste, vociferando que o deixassem passar, dobrou o cadáver sobre o ombro. Em sua mão direita relumbrou um punhal e todos se afastaram. Andou até a cancela, e a grande lua parecia iluminá-lo ainda mais do que antes. Dois ou três homens desembainharam suas facas e quiseram segui-lo, outros homens os contiveram. Todos se aquietaram, sobrevindo um silêncio unânime. Yuste montou em seu cavalo, com o corpo dobrado sobre a cabeça do lombilho, e partiu a galope. Como despertando, como reaparecendo, os cães da estância se agruparam atrás do galpão e, desalentados e medrosos, começaram a uivar.

❖ ❖ ❖

Tenho a experiência da noite em que velamos um afogado, cujo corpo ainda não fora resgatado das águas, e posso dizer que um velório sem defunto é uma das coisas mais estranhas que existem entre o céu e a terra. Aquilo que havia sido um velório passou a ser uma reunião, como casual e sem centro, de homens e mulheres desconcertados e exaustos. Todos se perguntavam, e todos perguntavam a todos, que motivações e que sentido podia ter o fato misterioso que acabavam de presenciar. Muito se comentou e muito se conjeturou, e a reunião acabou por dispersar-se bem depois que saiu o sol. Muitas coisas foram ditas, repito, mas não houve quem fosse capaz de formular sequer uma aproximação daquela frase antiqüíssima (nascida na costa oriental do Mar Egeu, há quase vinte e cinco séculos) que diz que ninguém fica tão unido a ninguém como o homicida à sua vítima.

❖ ❖ ❖

Na tarde seguinte, desde minha vassoura, espio certo rincão do Rio Porongos: vejo ali a terra removida e, muito juntas, duas cruzes de madeira.

Os ladrões

Mariano Gómez e Alejandro Rodríguez, muito amigos, ladrões ou aspirantes a ladrões, decidiram roubar o italiano Orsi, padeiro. Estavam ambos mateando na humílima casita de Mariano, no bairro mais caótico e miserável da cidade, e charlavam com algum fastio, sem temas concretos, deixando que o tempo da tarde suburbana encompridasse as pausas.

Maria Rosa, a companheira do dono da casa, chegou da rua com dois pacotes e um pão sem enrolar. Era muito jovem e de corpo leve. Tinha na cara de mulata uma espécie de alegria natural, de simples e gratuita felicidade. Largou os pacotes na mesa e ergueu o pão como se fosse uma tocha.

– O gringo Orsi está cada vez mais mesquinho. Se a gente não leva papel, o pão vem assim.

Alejandro Rodríguez sorriu, espiando a rapariga. Como noutras vezes, pensou que seu amigo era um felizardo por dormir com aquela moreninha de andar requebrado e tetinhas pontudas.

– E pensar que esse gringo deve ter dinheiro escondido – acrescentou Maria Rosa, rindo.

– O que trouxeste aí? – perguntou Gómez.

– Carne e batatas.

– Sobrou alguma coisa?

– Uns pilas.

– Vê se consegue uma garrafa de vinho. Alejandro vai jantar com a gente.

Maria Rosa pegou uma garrafa vazia e saiu. Suas palavras sobre dinheiro escondido ficaram como penduradas no ar e em seguida começaram a cair no ânimo dos dois amigos. Em poucos minutos, e sem que se pudesse saber qual dos dois tomara a iniciativa, estavam falando sobre a possibilidade de roubar o padeiro. Calaram-se quando Maria Rosa voltou ("Por enquanto não convém que Rosa saiba disso", tinha dito Gómez), mas depois do jantar saíram para caminhar e retomaram o assunto. Passaram devagar pela padaria de Orsi e perambularam um bom tempo por ruas de casas e lampiões escassos, conversando sem cessar e com vozes de conspiradores. Depois subiram para as ruas do centro e não entraram em nenhum café, pois estavam de bolsos vazios. Já muito tarde regressaram ao bairro. Antes de separar-se, passaram de novo pela padaria. Da calçada defronte estiveram considerando a altura do muro de tijolos e espiando por cima dele a parede do galpão, de um gris turvo na noite pouco escura, que se erguia a uns dez metros da rua. Viram nessa parede, como se a vissem pela primeira vez, a parte superior de uma janela larga e fracamente iluminada. Viram também a fumaça branquicenta que saía da chaminé do forno e se afastava pelo céu negro-azulado com um sigilo tão perfeito que parecia voluntário.

Nessa noite dormiram ambos um sono bem inquieto.

❖ ❖ ❖

Giovanni Orsi, nascido num arrabalde de Nápoles, era um exemplo de operosidade e um avarento que podia ser considerado uma obra-prima da avareza. Vivia só, tão só que nem cachorro tinha. Fazia sem ajuda de ninguém todo o serviço de uma padaria de bom movimento e ainda encontrava tempo para cultivar uma pequena horta no fundo do quintal e cortar a lenha que adquiria dos mateiros. Fabricava o pão à noite, vendendo-o pela manhã e à tardinha, implacavelmente à vista. Eram famosos seus regateios com os mateiros, com o dono da atafona que lhe fornecia farinha, com o turco Mustafá, o açougueiro, do qual vez por outra comprava algum osso, um naco de carne inferior, alguma tripa. Dizia-se que fazia armadilhas para pegar gatos vagabundos e comê-los. Dizia-se que dormia pouquíssimo, já de madrugada e no próprio galpão, estirado nas bolsas vazias, perto do forno no inverno e junto à parede oposta no verão. Não se sabia que tivesse amigos ou ligações com mulheres, e talvez ninguém se lembrasse de tê-lo visto sorrir um dia. Tinha quarenta e tantos anos e já fazia tempo que vivia na cidade. Como não depositava dinheiro em lugar algum – sabia-se –, era possível que Maria Rosa estivesse cheia de razão ao supor que guardava suas economias em casa.

Mariano Gómez e Alejandro Rodríguez estranhavam que outros não tivessem tentado fazer aquilo a que agora se propunham.

– Vê só como os pobres são bobos – dizia Mariano, para o qual *pobres* e *homens* eram quase a mesma coisa.

– São mesmo – confirmava Alejandro, sinceramente assombrado com a burrice humana.

– Se não fosse minha mulher – tornou o outro, com um orgulho pueril –, nem nós teríamos pensado nisso.

Alejandro continuava aprovando, sorria esperançoso e repassava mentalmente o plano que tinham preparado.

❖ ❖ ❖

O plano era simples. Esperar uma noite escura, de preferência com garoa ou chuvisco. Pular o muro. Vigiar pela janela até que o italiano adormecesse. Entrar no galpão pela mesma janela ou por uma clarabóia sem vidros que havia na outra parede. Cair sobre o adormecido, tapar seus olhos e vendá-los, amordaçá-lo, amarrá-lo. Procurar e encontrar o dinheiro.

Analisaram o plano em seus mínimos detalhes e o consideraram sem falhas que pudessem impedir um resultado feliz. O muro não tinha vidros partidos nem pentes de tesoura de esquila, tão comuns nos muros de subúrbio. Entrar no galpão pela janela – ou, na pior hipótese, pela clarabóia – era facílimo para dois magros cuja idade andava muito abaixo dos trinta. Mais difícil, mas não muito, seria dominar o italiano, embora fosse um homem de ombros largos e braços musculosos. E não duvidavam de que encontrariam o dinheiro. Calculavam que estava no próprio galpão, em esconderijo cavado no piso e coberto de algum modo que não dissimularia o uso diário, as moedas enroladas em trapos ou papéis, as cédulas em latinhas por causa da umidade e dos ratos.

Tinham combinado enterrar o butim na mesma noite do roubo, no rancho de Alejandro – que morava só –, e seguir vivendo como pobres uns meses mais, até que a polícia esquecesse tudo. Depois iriam para Montevidéu e aplicariam a fortuna, de modo que a renda lhes permitisse viver sem trabalhar ou roubar, obtendo da vida, principalmente, coisas elementares que até então lhes tinham sido vedadas pela extrema pobreza. Somente em Montevidéu confessariam o roubo à tagarela Maria Rosa, que Mariano imaginava na capital com uma alegria não menor do que a habitual, mas um pouco mais *séria*, e vestida como a filha do Dr. Zabala. Alejandro Rodríguez, dos dois o mais sonhador, sonhava com uma casinha branca e limpa, um automóvel vermelho, um terno azul, uma mulher que freqüentemente mudava de tipo, mas que sempre dava o ar da moreninha de Gómez. Este não particularizava as ambições. Dizia, simplesmente:

– Quero ser rico para não ser pobre.

Ter um plano, conversar sobre ele, recapitular suas etapas, era para os dois amigos como possuir um talismã. Durante muitos dias viveram como amparados nele, contentes, misteriosos. Maria Rosa notou a mudança e comentou e repetiu sempre em vão, com uma pergunta implícita: "Vocês estão tramando alguma coisa..." Por motivos às vezes parecidos com pretextos, deixaram passar algumas noites muito próprias, mas a hora, enfim, tinha de chegar.

Uma garoa misteriosa umedeceu as ruas durante a tarde inteira, só parando ao anoitecer, e a noite se fez fria, convenientemente escura, preparatória de temporal. Alejandro e Mariano decidiram não se permitir outras dilações e fazer daquela noite a grande noite, destinada a dividir suas vidas em *antes* e *depois*.

Comeram algo do pouco que Maria Rosa pôde dar-lhes ("Como estão sem fome essas crianças", disse a mulher, brincalhona e curiosa), tomaram um gole de cachaça e compraram um pacote de fumo no bar de Dom Leôncio, estiveram olhando o jogo de bilhar no café do russo Maurício e foram para o rancho de Alejandro tomar mate e esperar a hora. As badaladas do relógio da igreja lhes chegavam com um som grave e como dispersando-se em grãos despedaçados, próprio das noites baixas e com muita umidade. Esperaram até a meia-noite e puseram-se a caminho. Levavam alguns metros de corda, duas caixas de fósforos e, cortado pela metade, um comprido cachecol que Mariano havia roubado de um caminhão no prostíbulo das irmãs Pereira. Desertas as ruas, os solitários lampiões disputavam inutilmente uma competição de luz. A massa negra do temporal, ainda imóvel, parecia um complemento natural da noite.

Mariano estribou o pé nas mãos unidas de Alejandro, fez do ombro dele um degrau e montou no muro. Alejandro pendurou-se no braço de Mariano, também conseguiu subir e ambos saltaram para o pátio.

O plano se desenvolvia a contento. Os dois ladrões permaneceram agachados e imóveis, escutando pouca coisa além das batidas de seus corações. Embora prevista, a facilidade com que haviam ultrapassado o muro não deixou de lhes parecer um excelente augúrio. Por minutos continuaram sem mover-se, as alpargatas afundadas na terra mole, rodeados de altas macegas invisíveis e molhadas. Latidos distantes levaram Alejandro a pensar que, se o italiano tivesse um cão, logo teriam sido denunciados. Por não querer alimentar um bicho, pensou, o gringo ia ser aliviado de seus cobres.

– Ele merece – murmurou ao ouvido de Mariano, ou onde adivinhou, na escuridão, que estivesse o ouvido de Mariano.

– Quê?

– Nada.

A parede do galpão confundia-se com a noite, mas nela se recortava, debilmente iluminada, a janela que tantas vezes tinham observado da calçada defronte.

– Vamos? – perguntou e propôs Mariano.

– Vamos.

Moveram-se devagar, com cautela. Chegaram à janela e espiaram para dentro do galpão, os narizes achatados na vidraça.

❖ ❖ ❖

O galpão do padeiro tinha uns dez ou doze metros de comprimento por seis ou sete de largura. Estava iluminado por um lampião de querosene pendurado no teto e pelo resplendor da fornalha.

Vestido apenas com um pedaço de lona, preso à cintura por uma correia, Giovanni Orsi trabalhava na acentuada solidão do homem que trabalha só durante a noite. Era de baixa estatura, de pernas curtas e redondas, forte de torso e braços. Tinha antebraços cabeludos, pêlos compridos e escassos nos ombros e um grande escudo de penugem negra no peito.

No galpão havia dois barris de madeira, quatro masseiras, uma mesa de sovar, numerosos balaios alinhados. Os dois ladrões viram também, no fundo, uma pilha de bolsas de farinha (Alejandro pensou que o esconderijo do dinheiro podia estar debaixo). A um canto, várias tábuas de estivar apoiadas na parede. Perto do forno, a lenha empilhada.

O napolitano ia de um lado para outro – silenciosos os grandes pés descalços no piso de grês –, com uma atividade incessante e precisa da qual fora abolido todo movimento supérfluo. Seu rosto se mantinha inexpressivo e era um rosto genérico e antigo, ou de raça antiga. O cabelo, escuro, liso e talvez cerdoso, caía-lhe na testa estreita quando se inclinava para tirar massa das masseiras. Brilhava o suor de seu corpo quando parava na frente do forno.

Mariano e Alejandro, invisíveis na noite retinta, vigiavam o italiano com uma paciência de suburbanos acostumados a deixar o tempo correr. Não falavam e continham-se para não falar. Ambos tinham percebido (e se deram cotoveladas) que a tranca da janela era um gancho de arame que cederia sem ruído à primeira pressão. Estavam contentes porque tudo ia saindo tal como haviam pensado e apenas se ressentiam do frio que já abusava, aproveitando-se da imobilidade deles.

O padeiro cortava, até encher a mesa, grandes montes de massa, fazendo montículos em forma de pães. Em seguida os dispunha numa tábua de estivar, que colocava na estufa, e tornava a uma das masseiras em busca de nova porção de massa. De tempo em tempo retirava uma tábua da estufa, e com uma comprida pá introduzia os pães levedados no forno, tirando dali os que estavam no ponto e jogando-os nos balaios. Incontáveis gerações de padeiros pareciam acompanhá-lo tenuemente e sem diminuir sua solidão, ao mesmo tempo em que dele se distanciavam, como um eco que retroagisse aos albores do ofício. Mais de metade dos balaios já estavam repletos de pão quente.

Não é improvável que Alejandro e Mariano já estejam mortos. Se assim é, pode-se revelar que viveram e morreram sem conhecer o significado da palavra "alquimia", sem saber o que é um cadinho, sem ter ouvido falar do "leão verde" nem do ovo filosofal lacrado com o sinete de Hermes, ou do princípio macho da levedura obrando sobre a pasta fêmea não levedada, ou do *homunculus* nutrido com sangue humano e mantido em temperatura constantemente igual à do ventre de um cavalo... Mas, à margem dessas ignorâncias e em decorrência de profundas recordações não pessoais, aquele homem baixo e peludo que se atarefava sozinho num recôndito secreto da noite – que trabalhava desnudo e de parceria com o fogo criador, que atuava com uma precisão quase sobrenatural e com o rosto como enclausurado, que transformava o caos da massa em pães definidos e fumegantes –, aquele homem de algum modo chegou a impressioná-los, como um mago ou um taumaturgo, até como um demiurgo em pleno labor. E sentiram por ele uma consideração um pouco estranha, com algo de reverencial... que por certo em nada afetou o projeto de amarrá-lo e roubá-lo quando a fadiga o derrubasse sobre as bolsas vazias. O temporal, sem que eles se apercebessem, começava a mover-se.

Giovanni Orsi continuava trabalhando. Retirou da estufa a última tábua e pôs os pães no forno, tirando deste os prontos e lançando-os no penúltimo balaio. Pegou a vassoura e começou a varrer o galpão.

Embora soubessem que não podiam ser vistos, Mariano e Alejandro afastaram-se da janela quando o italiano passou varrendo perto dela. Viram então que o céu negro se raiava em furtivos, travessos relâmpagos, e ouviram o temporal sermonear ao longe.

– Capaz que chova – murmurou Alejandro, como se a chuva pudesse significar grave inconveniência.

– Teremos dinheiro para comprar qualquer quantidade de roupa seca – resmungou Mariano, quase com dureza.

– É claro – conveio Alejandro.

– *Bueno* – disse Mariano, conciliador –, pode ser que a chuva espere.

Alguns galos apressados reclamavam a alvorada. Continuavam – distantes às vezes, às vezes mais próximos, mas sempre para ninguém – os latidos geralmente roucos que nunca cessam de todo nas noites das pequenas cidades.

Os ladrões já haviam aprendido que não era muito longo o tempo que os pães permaneciam no forno: voltaram à janela e achataram de novo o nariz contra a vidraça. Acreditavam que se aproximava o momento em que escapariam da insegurança e das provações para o resto de suas vidas.

O padeiro terminara de varrer e estava limpando as tábuas de estivar com um trapo certamente úmido. Depois de limpá-las e ordená-las, começou a empilhar bolsas vazias a uns três metros do forno. Os aspirantes a ladrões se alegraram mais ainda, quase com orgulho: cada pormenor do plano se cumpria como se eles tivessem prefixado tudo à força de pensar.

Depois de empilhar as bolsas, Orsi deteve-se diante do forno e, pela primeira vez naquela noite, esteve um tempo sem fazer absolutamente nada. O resplendor já mais débil da fornalha pincelava seus músculos em espera, sua pele suarenta, mas a cara dele continuava sendo uma cara como posta no topo do corpo apenas para completá-lo. Recém agora, os ladrões começaram a sentir certa impaciência.

O padeiro, afinal, pegou a pá e recolheu os pães do forno, enchendo o último balaio. Os ladrões estavam prontos para entrar em ação e seus corações batiam com pressa, mas Orsi, inesperadamente, empreendeu outras idas e vindas das masseiras para a mesa de sovar, acumulando sobre esta uma grande quantidade de massa, disposta em comprido monte. Alejandro Rodríguez e Mariano Gómez acreditaram, alarmados, que um acontecimento inusitado concorria para postergar ou alterar o desenvolvimento previsto dos fatos. Tiveram de fazer um grande esforço para não falar.

Ao invés de cortar a massa, o italiano a manipulava à maneira de um escultor que trabalha com argila. Mariano e Alejandro sentiam crescer dentro deles algum desânimo e muita perplexidade.

O padeiro trabalhava com estilo diferente daquele com que fazia seu pão: mais devagar, com maior delicadeza, com uma precisão menos mecânica e mais humana, que até se permitia vacilações. Também em seu rosto algo havia mudado.

Pouco a pouco, o grande monte de massa foi adquirindo a forma de uma mulher deitada de costas. Pouco a pouco, os dois amigos foram reconhecendo pernas de grossas coxas e joelhos levantados, um ventre raso e cilíndrico, braços colados no corpo e, como ainda em esboço, seios abundantes e redondos e um pouco caídos para os lados.

– Será magia negra? – atreveu-se a sussurrar Alejandro.

– Psiu...

Orsi fixou uma bola de massa no lugar da cabeça e, com dedos leves, modelou os traços básicos de um rosto. Dois beliscões com os cinco dedos dotaram os seios de mamilos, e o umbigo nasceu de um leve pontaço com o minguinho. Golpes com as mãos em cutelo começaram a corrigir a forma dos braços.

– Se não é magia... – reiniciou o sussurro de Alejandro.

– Fica quieto, quero ver – cochichou Mariano.

Achatavam como nunca os narizes na vidraça, fascinados, completamente esquecidos do tão sonhado roubo e de seus sonhos de riqueza.

O italiano deu por terminados os braços e recuou para contemplar a estátua. Alejandro pensou notar que um sorriso pugnava em vão para aparecer na boca entreaberta. Sem saber ainda por quê, e lateral e fugazmente, Mariano pensou com desgosto (um desgosto apenas perceptível, mas surpreendente por ser novo, nunca sentido) na moreninha que estava em casa, sozinha, à espera, num entressonho de gata, na cama desengonçada e morna.

Giovanni Orsi passou da contemplação aos retoques: modificou a curva de um dos ombros, apertou e afinou os joelhos, imprimiu maior relevo ao mamilo do seio direito... Do mesmo modo inexplicável e lateral e fugaz que seu amigo, Alejandro lembrou-se de seu rancho, mas não com o travo amargo de sempre. Bem ao contrário, pensou que lá não corria o risco de encontrar nada além do cheiro dele mesmo e dos vazios de sua solidão.

O padeiro pegou dois pães quentes, arrancou-lhes a casca e com os miolos fez uma bola, na qual meteu os dedos para abrir uma fenda. Depois achatou-a um pouco e, pressionando cuidadosamente, colocou-a entre as pernas da mulher de massa.

❖ ❖ ❖

E Mariano Gómez e Alejandro Rodríguez terminaram de compreender... Ao mesmo tempo, experimentaram o frio daquela vertigem cúmplice que amiúde o monstruoso provoca. E viram-se – ou, pior, viram-se vistos, como se a sombra que os rodeava tivesse olhos acusadores – no transe de estar testemunhando um fato pertencente àquela ordem de fatos que não admitem testemunhas. Continuar ali configurava um ultraje a algo ou a alguém. Com medo e pudor, com certo asco e com algum respeito muito especial, com uma vergonha um tanto impessoal e abstrata, com outros sentimentos confusos, retiraram-se – fracassados aspirantes a ladrões – definitivamente da janela.

Coleção **L&PM** POCKET (LANÇAMENTOS MAIS RECENTES)

133. **Cuca fundida** – Woody Allen
134. **O jogador** – Dostoiévski
135. **O livro da selva** – Rudyard Kipling
136. **O vale do terror** – Arthur Conan Doyle
137. **Dançar tango em Porto Alegre** – S. Faraco
138. **O gaúcho** – Carlos Reverbel
139. **A volta ao mundo em oitenta dias** – J. Verne
140. **O livro dos esnobes** – W. M. Thackeray
141. **Amor & morte em Poodle Springs** – Raymond Chandler & R. Parker
142. **As aventuras de David Balfour** – Stevenson
143. **Alice no país das maravilhas** – Lewis Carroll
144. **A ressurreição** – Machado de Assis
145. **Inimigos, uma história de amor** – I. Singer
146. **O Guarani** – José de Alencar
147. **A cidade e as serras** – Eça de Queiroz
148. **Eu e outras poesias** – Augusto dos Anjos
149. **A mulher de trinta anos** – Balzac
150. **Pomba enamorada** – Lygia F. Telles
151. **Contos fluminenses** – Machado de Assis
152. **Antes de Adão** – Jack London
153. **Intervalo amoroso** – A.Romano de Sant'Anna
154. **Memorial de Aires** – Machado de Assis
155. **Naufrágios e comentários** – Cabeza de Vaca
156. **Ubirajara** – José de Alencar
157. **Textos anarquistas** – Bakunin
159. **Amor de salvação** – Camilo Castelo Branco
160. **O gaúcho** – José de Alencar
161. **O livro das maravilhas** – Marco Polo
162. **Inocência** – Visconde de Taunay
163. **Helena** – Machado de Assis
164. **Uma estação de amor** – Horácio Quiroga
165. **Poesia reunida** – Martha Medeiros
166. **Memórias de Sherlock Holmes** – Conan Doyle
167. **A vida de Mozart** – Stendhal
168. **O primeiro terço** – Neal Cassady
169. **O mandarim** – Eça de Queiroz
170. **Um espinho de marfim** – Marina Colasanti
171. **A ilustre Casa de Ramires** – Eça de Queiroz
172. **Lucíola** – José de Alencar
173. **Antígona** – Sófocles – trad. Donaldo Schüler
174. **Otelo** – William Shakespeare
175. **Antologia** – Gregório de Matos
176. **A liberdade de imprensa** – Karl Marx
177. **Casa de pensão** – Aluísio Azevedo
178. **São Manuel Bueno, Mártir** – Unamuno
179. **Primaveras** – Casimiro de Abreu
180. **O noviço** – Martins Pena
181. **O sertanejo** – José de Alencar
182. **Eurico, o presbítero** – Alexandre Herculano
183. **O signo dos quatro** – Conan Doyle
184. **Sete anos no Tibet** – Heinrich Harrer
185. **Vagamundo** – Eduardo Galeano
186. **De repente acidentes** – Carl Solomon
187. **As minas de Salomão** – Rider Haggar
188. **Uivo** – Allen Ginsberg
189. **A ciclista solitária** – Conan Doyle
190. **Os seis bustos de Napoleão** – Conan Doyle
191. **Cortejo do divino** – Nelida Piñon
194. **Os crimes do amor** – Marquês de Sade
195. **Besame Mucho** – Mário Prata
196. **Tuareg** – Alberto Vázquez-Figueroa
197. **O longo adeus** – Raymond Chandler
199. **Notas de um velho safado** – C. Bukowski
200. **111 ais** – Dalton Trevisan
201. **O nariz** – Nicolai Gogol
202. **O capote** – Nicolai Gogol
203. **Macbeth** – William Shakespeare
204. **Heráclito** – Donaldo Schüler
205. **Você deve desistir, Osvaldo** – Cyro Martins
206. **Memórias de Garibaldi** – A. Dumas
207. **A arte da guerra** – Sun Tzu
208. **Fragmentos** – Caio Fernando Abreu
209. **Festa no castelo** – Moacyr Scliar
210. **O grande deflorador** – Dalton Trevisan
212. **Homem do princípio ao fim** – Millôr Fernandes
213. **Aline e seus dois namorados** – A. Iturrusgarai
214. **A juba do leão** – Sir Arthur Conan Doyle
215. **Assassino metido a esperto** – R. Chandler
216. **Confissões de um comedor de ópio** – T.De Quincey
217. **Os sofrimentos do jovem Werther** – Goethe
218. **Fedra** – Racine / Trad. Millôr Fernandes
219. **O vampiro de Sussex** – Conan Doyle
220. **Sonho de uma noite de verão** – Shakespeare
221. **Dias e noites de amor e de guerra** – Galeano
222. **O Profeta** – Khalil Gibran
223. **Flávia, cabeça, tronco e membros** – M. Fernandes
224. **Guia da ópera** – Jeanne Suhamy
225. **Macário** – Álvares de Azevedo
226. **Etiqueta na prática** – Celia Ribeiro
227. **Manifesto do partido comunista** – Marx & Engels
228. **Poemas** – Millôr Fernandes
229. **Um inimigo do povo** – Henrik Ibsen
230. **O paraíso destruído** – Frei B. de las Casas
231. **O gato no escuro** – Josué Guimarães
232. **O mágico de Oz** – L. Frank Baum
233. **Armas no Cyrano's** – Raymond Chandler
234. **Max e os felinos** – Moacyr Scliar
235. **Nos céus de Paris** – Alcy Cheuiche
236. **Os bandoleiros** – Schiller
237. **A primeira coisa que eu botei na boca** – Deonísio da Silva
238. **As aventuras de Simbad, o marújo**
239. **O retrato de Dorian Gray** – Oscar Wilde
240. **A carteira de meu tio** – J. Manuel de Macedo
241. **A luneta mágica** – J. Manuel de Macedo
242. **A metamorfose** – Kafka
243. **A flecha de ouro** – Joseph Conrad
244. **A ilha do tesouro** – R. L. Stevenson
245. **Marx - Vida & Obra** – José A. Giannotti
246. **Gênesis**
247. **Unidos para sempre** – Ruth Rendell
248. **A arte de amar** – Ovídio
249. **O sono eterno** – Raymond Chandler
250. **Novas receitas do Anonymus Gourmet** – J.A.P.M.
251. **A nova catacumba** – Arthur Conan Doyle
252. **Dr. Negro** – Arthur Conan Doyle
253. **Os voluntários** – Moacyr Scliar

254. A bela adormecida – Irmãos Grimm
255. O príncipe sapo – Irmãos Grimm
256. Confissões e Memórias – H. Heine
257. Viva o Alegrete – Sergio Faraco
258. Vou estar esperando – R. Chandler
259. A senhora Beate e seu filho – Schnitzler
260. O ovo apunhalado – Caio Fernando Abreu
261. O ciclo das águas – Moacyr Scliar
262. Millôr Definitivo – Millôr Fernandes
264. Viagem ao centro da Terra – Júlio Verne
265. A dama do lago – Raymond Chandler
266. Caninos brancos – Jack London
267. O médico e o monstro – R. L. Stevenson
268. A tempestade – William Shakespeare
269. Assassinatos na rua Morgue – E. Allan Poe
270. 99 corruíras nanicas – Dalton Trevisan
271. Broquéis – Cruz e Sousa
272. Mês de cães danados – Moacyr Scliar
273. Anarquistas – vol. 1 – A idéia – G. Woodcock
274. Anarquistas – vol. 2 – O movimento – G.Woodcock
275. Pai e filho, filho e pai – Moacyr Scliar
276. As aventuras de Tom Sawyer – Mark Twain
277. Muito barulho por nada – W. Shakespeare
278. Elogio da loucura – Erasmo
279. Autobiografia de Alice B. Toklas – G. Stein
280. O chamado da floresta – J. London
281. Uma agulha para o diabo – Ruth Rendell
282. Verdes vales do fim do mundo – A. Bivar
283. Ovelhas negras – Caio Fernando Abreu
284. O fantasma de Canterville – O. Wilde
285. Receitas de Yayá Ribeiro – Celia Ribeiro
286. A galinha degolada – H. Quiroga
287. O último adeus de Sherlock Holmes – A. Conan Doyle
288. A. Gourmet em Histórias de cama & mesa – J. A. Pinheiro Machado
289. Topless – Martha Medeiros
290. Mais receitas do Anonymus Gourmet – J. A. Pinheiro Machado
291. Origens do discurso democrático – D. Schüler
292. Humor politicamente incorreto – Nani
293. O teatro do bem e do mal – E. Galeano
294. Garibaldi & Manoela – J. Guimarães
295. 10 dias que abalaram o mundo – John Reed
296. Numa fria – Charles Bukowski
297. Poesia de Florbela Espanca vol. 1
298. Poesia de Florbela Espanca vol. 2
299. Escreva certo – E. Oliveira e M. E. Bernd
300. O vermelho e o negro – Stendhal
301. Ecce homo – Friedrich Nietzsche
302. (7). Comer bem, sem culpa – Dr. Fernando Lucchese, A. Gourmet e Iotti
303. O livro de Cesário Verde – Cesário Verde
304. 100 receitas de macarrão – S. Lancellotti
305. 160 receitas de molhos – S. Lancellotti
306. 100 receitas light – H. e Â. Tonetto
307. 100 receitas de sobremesas – Celia Ribeiro
308. Mais de 100 dicas de churrasco – Leon Diziekaniak
309. 100 receitas de acompanhamentos – C. Cabeda
310. Honra ou vendetta – S. Lancellotti
311. A alma do homem sob o socialismo – Oscar Wilde
313. Tudo sobre Yôga – Mestre De Rose
314. Os varões assinalados – Tabajara Ruas
315. Édipo em Colono – Sófocles
316. Lisístrata – Aristófanes / trad. Millôr
317. Sonhos de Bunker Hill – John Fante
318. Os deuses de Raquel – Moacyr Scliar
319. O colosso de Marússia – Henry Miller
320. As eruditas – Molière / trad. Millôr
321. Radicci 1 – Iotti
322. Os Sete contra Tebas – Ésquilo
323. Brasil Terra à vista – Eduardo Bueno
324. Radicci 2 – Iotti
325. Júlio César – William Shakespeare
326. A carta de Pero Vaz de Caminha
327. Cozinha Clássica – Sílvio Lancellotti
328. Madame Bovary – Gustave Flaubert
329. Dicionário do viajante insólito – M. Sclair
330. O capitão saiu para o almoço... – Bukowski
331. A carta roubada – Edgar Allan Poe
332. É tarde para saber – Josué Guimarães
333. O livro de bolso da Astrologia – Maggy Harrisonx e Mellina Li
334. 1933 foi um ano ruim – John Fante
335. 100 receitas de arroz – Aninha Comas
336. Guia prático do Português correto – vol. 1 – Cláudio Moreno
337. Bartleby, o escriturário – H. Melville
338. Enterrem meu coração na curva do rio – Dee Brown
339. Um conto de Natal – Charles Dickens
340. Cozinha sem segredos – J. A. P. Machado
341. A dama das Camélias – A. Dumas Filho
342. Alimentação saudável – H. e Â. Tonetto
343. Continhos galantes – Dalton Trevisan
344. A Divina Comédia – Dante Alighieri
345. A Dupla Sertanojo – Santiago
346. Cavalos do amanhecer – Mario Arregui
347. Biografia de Vincent van Gogh por sua cunhada – Jo van Gogh-Bonger
348. Radicci 3 – Iotti
349. Nada de novo no front – E. M. Remarque
350. A hora dos assassinos – Henry Miller
351. Flush - Memórias de um cão – Virginia Woolf
352. A guerra no Bom Fim – M. Sclair
353. (1). O caso Saint-Fiacre – Simenon
354. (2). Morte na alta sociedade – Simenon
355. (3). O cão amarelo – Simenon
356. (4). Maigret e o homem do banco – Simenon
357. As uvas e o vento – Pablo Neruda
358. On the road – Jack Kerouac
359. O coração amarelo – Pablo Neruda
360. Livro das perguntas – Pablo Neruda
361. Noite de Reis – William Shakespeare
362. Manual de Ecologia – vol.1 – J. Lutzenberger
363. O mais longo dos dias – Cornelius Ryan
364. Foi bom prá você? – Nani
365. Crepusculário – Pablo Neruda
366. A comédia dos erros – Shakespeare
367. (5). A primeira investigação de Maigret – Simenon
368. (6). As férias de Maigret – Simenon
369. Mate-me por favor (vol.1) – L. McNeil
370. Mate-me por favor (vol.2) – L. McNeil

371. **Carta ao pai** – Kafka
372. **Os vagabundos iluminados** – J. Kerouac
373. (7). **O enforcado** – Simenon
374. (8). **A fúria de Maigret** – Simenon
375. **Vargas, uma biografia política** – H. Silva
376. **Poesia reunida (vol.1)** – A. R. de Sant'Anna
377. **Poesia reunida (vol.2)** – A. R. de Sant'Anna
378. **Alice no país do espelho** – Lewis Carroll
379. **Residência na Terra 1** – Pablo Neruda
380. **Residência na Terra 2** – Pablo Neruda
381. **Terceira Residência** – Pablo Neruda
382. **O delírio amoroso** – Bocage
383. **Futebol ao sol e à sombra** – E. Galeano
384. (9). **O porto das brumas** – Simenon
385. (10). **Maigret e seu morto** – Simenon
386. **Radicci 4** – Iotti
387. **Boas maneiras & sucesso nos negócios** – Celia Ribeiro
388. **Uma história Farroupilha** – M. Scliar
389. **Na mesa ninguém envelhece** – J. A. P. Machado
390. **200 receitas inéditas do Anonymus Gourmet** – J. A. Pinheiro Machado
391. **Guia prático do Português correto – vol.2** – Cláudio Moreno
392. **Breviário das terras do Brasil** – Assis Brasil
393. **Cantos Cerimoniais** – Pablo Neruda
394. **Jardim de Inverno** – Pablo Neruda
395. **Antonio e Cleópatra** – William Shakespeare
396. **Tróia** – Cláudio Moreno
397. **Meu tio matou um cara** – Jorge Furtado
398. **O anatomista** – Federico Andahazi
399. **As viagens de Gulliver** – Jonathan Swift
400. **Dom Quixote – v.1** – Miguel de Cervantes
401. **Dom Quixote – v.2** – Miguel de Cervantes
402. **Sozinho no Pólo Norte** – Thomaz Brandolin
403. **Matadouro 5** – Kurt Vonnegut
404. **Delta de Vênus** – Anaïs Nin
405. **O melhor de Hagar 2** – Dik Browne
406. **É grave Doutor?** – Nani
407. **Orai pornô** – Nani
408. (11). **Maigret em Nova York** – Simenon
409. (12). **O assassino sem rosto** – Simenon
410. (13). **O mistério das jóias roubadas** – Simenon
411. **A irmãzinha** – Raymond Chandler
412. **Três contos** – Gustave Flaubert
413. **De ratos e homens** – John Steinbeck
414. **Lazarilho de Tormes** – Anônimo do séc. XVI
415. **Triângulo das águas** – Caio Fernando Abreu
416. **100 receitas de carnes** – Sílvio Lancellotti
417. **Histórias de robôs: vol.1** – org. Isaac Asimov
418. **Histórias de robôs: vol.2** – org. Isaac Asimov
419. **Histórias de robôs: vol.3** – org. Isaac Asimov
420. **O país dos centauros** – Tabajara Ruas
421. **A república de Anita** – Tabajara Ruas
422. **A carga dos lanceiros** – Tabajara Ruas
423. **Um amigo de Kafka** – Isaac Singer
424. **As alegres matronas de Windsor** – Shakespeare
425. **Amor e exílio** – Isaac Bashevis Singer
426. **Use & abuse do seu signo** – Marília Fiorillo e Marylou Simonsen
427. **Pigmaleão** – Bernard Shaw
428. **As fenícias** – Eurípides
429. **Everest** – Thomaz Brandolin
430. **A arte de furtar** – Anônimo do séc. XVI
431. **Billy Bud** – Herman Melville
432. **A rosa separada** – Pablo Neruda
433. **Elegia** – Pablo Neruda
434. **A garota de Cassidy** – David Goodis
435. **Como fazer a guerra: máximas de Napoleão** – Balzac
436. **Poemas escolhidos** – Emily Dickinson
437. **Gracias por el fuego** – Mario Benedetti
438. **O sofá** – Crébillon Fils
439. **O "Martín Fierro"** – Jorge Luis Borges
440. **Trabalhos de amor perdidos** – W. Shakespeare
441. **O melhor de Hagar 3** – Dik Browne
442. **Os Maias (volume1)** – Eça de Queiroz
443. **Os Maias (volume2)** – Eça de Queiroz
444. **Anti-Justine** – Restif de La Bretonne
445. **Juventude** – Joseph Conrad
446. **Contos** – Eça de Queiroz
447. **Janela para a morte** – Raymond Chandler
448. **Um amor de Swann** – Marcel Proust
449. **À paz perpétua** – Immanuel Kant
450. **A conquista do México** – Hernan Cortez
451. **Defeitos escolhidos e 2000** – Pablo Neruda
452. **O casamento do céu e do inferno** – William Blake
453. **A primeira viagem ao redor do mundo** – Antonio Pigafetta
454. (14). **Uma sombra na janela** – Simenon
455. (15). **A noite da encruzilhada** – Simenon
456. (16). **A velha senhora** – Simenon
457. **Sartre** – Annie Cohen-Solal
458. **Discurso do método** – René Descartes
459. **Garfield em grande forma (1)** – Jim Davis
460. **Garfield está de dieta (2)** – Jim Davis
461. **O livro das feras** – Patricia Highsmith
462. **Viajante solitário** – Jack Kerouac
463. **Auto da barca do inferno** – Gil Vicente
464. **O livro vermelho dos pensamentos de Millôr** – Millôr Fernandes
465. **O livro dos abraços** – Eduardo Galeano
466. **Voltaremos!** – José Antonio Pinheiro Machado
467. **Rango** – Edgar Vasques
468. (8). **Dieta mediterrânea** – Dr. Fernando Lucchese e José Antonio Pinheiro Machado
469. **Radicci 5** – Iotti
470. **Pequenos pássaros** – Anaïs Nin
471. **Guia prático do Português correto – vol.3** – Cláudio Moreno
472. **Atire no pianista** – David Goodis
473. **Antologia Poética** – García Lorca
474. **Alexandre e César** – Plutarco
475. **Uma espiã na casa do amor** – Anaïs Nin
476. **A gorda do Tiki Bar** – Dalton Trevisan
477. **Garfield um gato de peso (3)** – Jim Davis
478. **Canibais** – David Coimbra
479. **A arte de escrever** – Arthur Schopenhauer
480. **Pinóquio** – Carlo Collodi
481. **Misto-quente** – Charles Bukowski
482. **A lua na sarjeta** – David Goodis
483. **O melhor do Recruta Zero (1)** – Mort Walker
484. **Aline 2** – Adão Iturrusgarai
485. **Sermões do Padre Antonio Vieira**
486. **Garfield numa boa (4)** – Jim Davis
487. **Mensagem** – Fernando Pessoa

488. **Vendeta** *seguido de* **A paz conjugal** – Balzac
489. **Poemas de Alberto Caeiro** – Fernando Pessoa
490. **Ferragus** – Honoré de Balzac
491. **A duquesa de Langeais** – Honoré de Balzac
492. **A menina dos olhos de ouro** – Honoré de Balzac
493. **O lírio do vale** – Honoré de Balzac
494.(17).**A barcaça da morte** – Simenon
495.(18).**As testemunhas rebeldes** – Simenon
496.(19).**Um engano de Maigret** – Simenon
497.(1).**A noite das bruxas** – Agatha Christie
498.(2).**Um passe de mágica** – Agatha Christie
499.(3).**Nêmesis** – Agatha Christie
500. **Esboço para uma teoria das emoções** – Sartre
501. **Renda básica de cidadania** – Eduardo Suplicy
502.(1).**Pílulas para viver melhor** – Dr. Lucchese
503.(2).**Pílulas para prolongar a juventude** – Dr. Lucchese
504.(3).**Desembarcando o Diabetes** – Dr. Lucchese
505.(4).**Desembarcando o Sedentarismo** – Dr. Fernando Lucchese e Cláudio Castro
506.(5).**Desembarcando a Hipertensão** – Dr. Lucchese
507.(6).**Desembarcando o Colesterol** – Dr. Fernando Lucchese e Fernanda Lucchese
508. **Estudos de mulher** – Balzac
509. **O terceiro tira** – Flann O'Brien
510. **100 receitas de aves e ovos** – J. A. P. Machado
511. **Garfield em toneladas de diversão** (5) – Jim Davis
512. **Trem-bala** – Martha Medeiros
513. **Os cães ladram** – Truman Capote
514. **O Kama Sutra de Vatsyayana**
515. **O crime do Padre Amaro** – Eça de Queiroz
516. **Odes de Ricardo Reis** – Fernando Pessoa
517. **O inverno da nossa desesperança** – Steinbeck
518. **Piratas do Tietê (1)** – Laerte
519. **Rê Bordosa: do começo ao fim** – Angeli
520. **O Harlem é escuro** – Chester Himes
521. **Café-da-manhã dos campeões** – Kurt Vonnegut
522. **Eugénie Grandet** – Balzac
523. **O último magnata** – F. Scott Fitzgerald
524. **Carol** – Patricia Highsmith
525. **100 receitas de patisseria** – Sílvio Lancellotti
526. **O fator humano** – Graham Greene
527. **Tristessa** – Jack Kerouac
528. **O diamante do tamanho do Ritz** – S. Fitzgerald
529. **As melhores histórias de Sherlock Holmes** – Arthur Conan Doyle
530. **Cartas a um jovem poeta** – Rilke
531.(20).**Memórias de Maigret** – Simenon
532.(4).**O misterioso sr. Quin** – Agatha Christie
533. **Os analectos** – Confúcio
534.(21).**Maigret e os homens de bem** – Simenon
535.(22).**O medo de Maigret** – Simenon
536. **Ascensão e queda de César Birotteau** – Balzac
537. **Sexta-feira negra** – David Goodis
538. **Ora bolas – O humor de Mario Quintana** – Juarez Fonseca
539. **Longe daqui mesmo** – Antonio Bivar
540.(5).**É fácil matar** – Agatha Christie
541. **O pai Goriot** – Balzac
542. **Brasil, um país do futuro** – Stefan Zweig
543. **O processo** – Kafka
544. **O melhor de Hagar 4** – Dik Browne
545.(6).**Por que não pediram a Evans?** – Agatha Christie
546. **Fanny Hill** – John Cleland
547. **O gato por dentro** – William S. Burroughs
548. **Sobre a brevidade da vida** – Sêneca
549. **Geraldão (1)** – Glauco
550. **Piratas do Tietê (2)** – Laerte
551. **Pagando o pato** – Ciça
552. **Garfield de bom humor (6)** – Jim Davis
553. **Conhece o Mário?** – Santiago
554. **Radicci 6** – Iotti
555. **Os subterrâneos** – Jack Kerouac
556(1). **Balzac** – François Taillandier
557(2). **Modigliani** – Christian Parisot
558(3). **Kafka** – Gérard-Georges Lemaire
559(4). **Júlio César** – Joël Schmidt
560. **Receitas da família** – J. A. Pinheiro Machado
561. **Boas maneiras à mesa** – Celia Ribeiro
562(9). **Filhos sadios, pais felizes** – R. Pagnoncelli
563(10). **Fatos & mitos** – Dr. Fernando Lucchese
564. **Ménage à trois** – Paula Taitelbaum
565. **Mulheres!** – David Coimbra
566. **Poemas de Álvaro de Campos** – Fernando Pessoa
567. **Medo e outras histórias** – Stefan Zweig
568. **Snoopy e sua turma (1)** – Schulz
569. **Piadas para sempre (1)** – Visconde da Casa Verde
570. **O alvo móvel** – Ross Macdonald
571. **O melhor do Recruta Zero (2)** – Mort Walker
572. **Um sonho americano** – Norman Mailer
573. **Os broncos também amam** – Angeli
574. **Crônica de um amor louco** – Bukowski
575(5). **Freud** – René Major e Chantal Talagrand
576(6). **Picasso** – Gilles Plazy
577(7). **Gandhi** – Christine Jordis
578. **A tumba** – H. P. Lovecraft
579. **O príncipe e o mendigo** – Mark Twain
580. **Garfield, um charme de gato (7)** – Jim Davis
581. **Ilusões perdidas** – Balzac
582. **Esplendores e misérias das cortesãs** – Balzac
583. **Walter Ego** – Angeli
584. **Striptiras (1)** – Laerte
585. **Fagundes: um puxa-saco de mão cheia** – Laerte
586. **Depois do último trem** – Josué Guimarães
587. **Ricardo III** – Shakespeare
588. **Dona Anja** – Josué Guimarães
589. **24 horas na vida de uma mulher** – Stefan Zweig
590. **O terceiro homem** – Graham Greene
591. **Mulher no escuro** – Dashiell Hammett
592. **No que acredito** – Bertrand Russell
593. **Odisséia (1): Telemaquia** – Homero
594. **O cavalo cego** – Josué Guimarães
595. **Henrique V** – Shakespeare
596. **Fabulário global do delírio cotidiano** – Bukowski
597. **Tiros na noite 1: A mulher do bandido** – Dashiell Hammett
598. **Snoopy em Feliz Dia dos Namorados! (2)** – Schulz
599. **Mas não se matam cavalos?** – Horace McCoy
600. **Crime e castigo** – Dostoiévski
601(7). **Mistério no Caribe** – Agatha Christie
602. **Odisséia (2): Regresso** – Homero
603. **Piadas para sempre (2)** – Visconde da Casa Verde
604. **À sombra do vulcão** – Malcolm Lowry
605(8). **Kerouac** – Yves Buin

606. E agora são cinzas – Angeli
607. As mil e uma noites – Paulo Caruso
608. Um assassino entre nós – Ruth Rendell
609. Crack-up – F. Scott Fitzgerald
610. Do amor – Stendhal
611. Cartas do Yage – William Burroughs e Allen Ginsberg
612. Striptiras (2) – Laerte
613. Henry & June – Anaïs Nin
614. A piscina mortal – Ross Macdonald
615. Geraldão (2) – Glauco
616. Tempo de delicadeza – A. R. de Sant'Anna
617. Tiros na noite 2: Medo de tiro – Dashiell Hammett
618. Snoopy em Assim é a vida, Charlie Brown! (3) – Schulz
619. 1954 – Um tiro no coração – Hélio Silva
620. Sobre a inspiração poética (Íon) e ... – Platão
621. Garfield e seus amigos (8) – Jim Davis
622. Odisséia (3): Ítaca – Homero
623. A louca matança – Chester Himes
624. Factótum – Charles Bukowski
625. Guerra e Paz: volume 1 – Tolstói
626. Guerra e Paz: volume 2 – Tolstói
627. Guerra e Paz: volume 3 – Tolstói
628. Guerra e Paz: volume 4 – Tolstói
629(9). Shakespeare – Claude Mourthé
630. Bem está o que bem acaba – Shakespeare
631. O contrato social – Rousseau
632. Geração Beat – Jack Kerouac
633. Snoopy: É Natal! (4) – Charles Schulz
634(8). Testemunha da acusação – Agatha Christie
635. Um elefante no caos – Millôr Fernandes
636. Guia de leitura (100 autores que você precisa ler) – Organização de Léa Masina
637. Pistoleiros também mandam flores – David Coimbra
638. O prazer das palavras – vol. 1 – Cláudio Moreno
639. O prazer das palavras – vol. 2 – Cláudio Moreno
640. Novíssimo testamento: com Deus e o diabo, a dupla da criação – Iotti
641. Literatura Brasileira: modos de usar – Luís Augusto Fischer
642. Dicionário de Porto-Alegrês – Luís A. Fischer
643. Clô Dias & Noites – Sérgio Jockymann
644. Memorial de Isla Negra – Pablo Neruda
645. Um homem extraordinário e outras histórias – Tchekhov
646. Ana sem terra – Alcy Cheuiche
647. Adultérios – Woody Allen
648. Para sempre ou nunca mais – R. Chandler
649. Nosso homem em Havana – Graham Greene
650. Dicionário Caldas Aulete de Bolso
651. Snoopy: Posso fazer uma pergunta, professora? (5) – Charles Schulz
652(10). Luís XVI – Bernard Vincent
653. O mercador de Veneza – Shakespeare
654. Cancioneiro – Fernando Pessoa
655. Non-Stop – Martha Medeiros
656. Carpinteiros, levantem bem alto a cumeeira & Seymour, uma apresentação – J.D.Salinger
657. Ensaios céticos – Bertrand Russell
658. O melhor de Hagar 5 – Dik Browne
659. Primeiro amor – Ivan Turguêniev
660. A trégua – Mario Benedetti
661. Um parque de diversões da cabeça – Lawrence Ferlinghetti
662. Aprendendo a viver – Sêneca
663. Garfield, um gato em apuros (9) – Jim Davis
664. Dilbert 1 – Scott Adams
665. Dicionário de dificuldades – Domingos Paschoal Cegalla
666. A imaginação – Jean-Paul Sartre
667. O ladrão e os cães – Naguib Mahfuz
668. Gramática do português contemporâneo – Celso Cunha
669. A volta do parafuso *seguido de* Daisy Miller – Henry James
670. Notas do subsolo – Dostoiévski
671. Abobrinhas da Brasilônia – Glauco
672. Geraldão (3) – Glauco
673. Piadas para sempre (3) – Visconde da Casa Verde
674. Duas viagens ao Brasil – Hans Staden
675. Bandeira de bolso – Manuel Bandeira
676. A arte da guerra – Maquiavel
677. Além do bem e do mal – Nietzsche
678. O coronel Chabert *seguido de* A mulher abandonada – Balzac
679. O sorriso de marfim – Ross Macdonald
680. 100 receitas de pescados – Sílvio Lancellotti
681. O juiz e o seu carrasco – Friedrich Dürrenmatt
682. Noites brancas – Dostoiévski
683. Quadras ao gosto popular – Fernando Pessoa
684. Romanceiro da Inconfidência – Cecília Meireles
685. Kaos – Millôr Fernandes
686. A pele de onagro – Balzac
687. As ligações perigosas – Choderlos de Laclos
688. Dicionário de matemática – Luiz Fernandes Cardoso
689. Os Lusíadas – Luís Vaz de Camões
690(11). Átila – Éric Deschodt
691. Um jeito tranqüilo de matar – Chester Himes
692. A felicidade conjugal *seguido de* O diabo – Tolstói
693. Viagem de um naturalista ao redor do mundo – vol. 1 – Charles Darwin
694. Viagem de um naturalista ao redor do mundo – vol. 2 – Charles Darwin
695. Memórias da casa dos mortos – Dostoiévski
696. A Celestina – Fernando de Rojas
697. Snoopy (6) – Charles Schulz
698. Dez (quase) amores – Claudia Tajes
699. Poirot sempre espera – Agatha Christie
700. Cecília de bolso – Cecília Meireles
701. Apologia de Sócrates *precedido de* Êutifron e *seguido de* Críton – Platão
702. Wood & Stock – Angeli
703. Striptiras (3) – Laerte
704. Discurso sobre a origem e os fundamentos da desigualdade entre os homens – Rousseau
705. Os duelistas – Joseph Conrad
706. Dilbert (2) – Scott Adams
707. Viver e escrever (vol.1) – Edla van Steen
708. Viver e escrever (vol.2) – Edla van Steen
709. Viver e escrever (vol.3) – Edla van Steen
710. A teia da aranha – Agatha Christie

PRÉ-IMPRESSÃO | IMPRESSÃO | ACABAMENTO

GRÁFICA EDITORA
Pallotti
IMAGEM DE QUALIDADE

AV. PLÍNIO BRASIL MILANO, 2145
PASSO D`AREIA – PORTO ALEGRE – RS
FONE 3021.5001 – CEP 90520-003
www.pallotti.com.br